SERIE CLUB

Ah ! Si vous pouviez paresser au soleil sur une plage bordée de cocotiers, découvrir des horizons nouveaux, des pays inconnus...

N'hésitez plus !
Oubliez les tracas de la vie quotidienne : plongez-vous vite dans un roman de la Série Club, il vous offrira un avant-goût de vacances...

Quand l'amour est une guerre

Charlotte Lamb

ÉDITIONS HARLEQUIN

Cet ouvrage a été publié en langue anglaise
sous le titre :

MAN'S WORLD

48, avenue Victor-Hugo, Paris XVIe - Tél. 500.65.00.
ISBN 2-280-01042-9
ISSN 0223-3797.

1

Midi approchait, et l'intense circulation de l'heure du déjeuner commençait à envahir Fleet Street. Pare-chocs contre pare-chocs, les voitures s'écoulaient lentement le long du grand boulevard. Londres était en proie à la canicule depuis une semaine et une suffocante brume de chaleur s'élevait du macadam. Les trottoirs grouillaient d'une foule agitée, grossie à chaque instant par le flot des employés de bureaux sortant des immeubles pour se rendre dans les restaurants et les cafétérias du quartier. Un vendeur de journaux criait à la cantonade les gros titres des quotidiens.

Kate était journaliste mais, à la différence des autres jours, elle ne lui prêta aucune attention. Ses yeux bleus tentaient de repérer un taxi libre parmi le fleuve grondant des automobiles. Enfin, elle en vit un et, dressée sur la pointe des pieds, agita vigoureusement le bras pour attirer l'attention du chauffeur. Celui-ci comprit ses signes désespérés et coupa avec une tranquille insolence la circulation venant du sens opposé pour faire demi-tour et venir se ranger le long du trottoir où Kate attendait. Cette désinvolte manière de conduire déchaîna un concert de coups de klaxons et un homme se pencha à la vitre de son véhicule pour abreuver le chauffard d'un chapelet d'injures. Kate descendit du trottoir sans lâcher le taxi des yeux et poussa un cri de surprise horrifiée quand elle sentit le talon de sa chaussure s'enfoncer entre deux barreaux d'une grille d'égouts. Elle essaya de se dégager sans y parvenir. Exaspérée par ce contretemps, elle jura à voix haute et quelques passants tournèrent un regard amusé et curieux vers cette jeune femme élégante et distinguée qui usait d'un langage si peu châtié.

— Ne bougez pas, fit soudain une voix masculine et grave derrière Kate.

Surprise, elle tourna la tête mais l'homme s'était déjà agenouillé à ses côtés pour examiner la chaussure prisonnière et elle ne vit de lui que sa tête blonde baissée sur ses pieds. Elle sentit une longue main fraîche encercler sa fine cheville.

— Etes-vous capable de tenir debout sur un pied? demanda l'étranger. Je ne pourrai pas extirper votre chaussure si vous ne l'ôtez pas.

Rouge d'embarras, Kate s'exécuta. « Je dois être ridicule », songeait-elle en voyant les passants l'observer avec curiosité.

— Merci, monsieur, dit-elle à contrecœur à l'adresse de l'homme.

Son exaspération augmentait à chaque seconde. Décidément, le sort s'acharnait contre elle ce matin-là. Tout d'abord, un coup de téléphone important l'avait retenue dans son bureau jusqu'à onze heures et demie. Puis cette maudite chaussure l'empêchait de sauter dans le taxi qui attendait alors qu'elle était déjà en retard pour se rendre à un rendez-vous d'une importance cruciale. Enfin, la paire de chaussures qu'elle portait ce jour-là coûtait une petite fortune; cet incident allait inévitablement les endommager. Kate les avait vues dans une vitrine d'Oxford Street la semaine précédente; elle n'avait pu résister à la tentation de les acheter, malgré leur prix exorbitant. Elles étaient de marque italienne, faites du cuir le plus fin, et leur couleur café s'accordait parfaitement à la robe de lin corail qu'elle portait. Kate observa d'un œil inquiet les efforts de l'inconnu, priant en son for intérieur pour qu'il n'égratigne pas la peausserie délicate. Le taxi attendait toujours devant eux et elle lui jeta un regard désespéré. Le chauffeur allait s'impatienter et partir à la recherche d'un autre client. Avec lui s'évaporerait sa dernière chance d'arriver à l'heure à son rendez-vous. Cependant, elle se trompait. Rendu sans doute d'humeur fôlatre par la canicule, le chauffeur s'accouda à la vitre et lui sourit.

— Je vois que nous avons un petit problème, plaisanta-t-il. Puis-je vous aider, monsieur? demanda-t-il ensuite à l'inconnu qui essayait toujours d'extirper la chaussure de la grille.

— Non, merci, refusa la voix grave sous la tête blonde, mais peut-être pourriez-vous aider cette demoiselle à s'installer dans votre taxi pour attendre?

— Entendu, acquiesça l'aimable chauffeur en descendant de son véhicule.

Il s'approcha de Kate et lui offrit son bras.

— Venez, appuyez-vous sur moi, fit-il en souriant.

Kate obéit et sautilla sur un pied jusqu'à la voiture, intensément gênée par les regards curieux des passants. Le chauffeur ouvrit la porte arrière et l'aida à s'asseoir sur le siège.

— Rien ne sert de courir, décréta-t-il gaiement. La prochaine fois, vous regarderez où vous mettez les pieds avant de vous précipiter!

Kate lui adressa un petit sourire de remerciements. Un tel contretemps n'aurait pas eu grande importance un autre jour, mais le sort le lui avait infligé exactement au moment où elle ne pouvait se permettre d'être en retard. Le rendez-vous auquel elle se rendait revêtait pour elle une extrême importance. Elle s'y était préparée depuis plusieurs jours, choisissant par avance sa toilette, sa coiffure, et elle s'était éveillée ce matin-là dans un état de grande nervosité. A présent, un stupide incident venait ruiner tous ses efforts. Elle jeta un coup d'œil à sa montre-bracelet et gémit involontairement. Il lui restait exactement cinq minutes avant l'heure de son rendez-vous. Il lui fallait se rendre à l'évidence. Elle serait en retard...

— Bravo, monsieur, lança soudain le chauffeur de taxi à l'inconnu blond.

Pleine d'espoir, elle se pencha et vit l'homme se relever, un sourire victorieux aux lèvres. Il ouvrit la portière et s'installa à ses côtés avant de lui tendre sa chaussure.

— J'ai réussi à ne pas l'endommager, la rassura-t-il en la gratifiant de son sourire le plus chaleureux. Voici votre pantoufle, Cendrillon !

Il s'agenouilla sur le plancher de la voiture, prit d'autorité le pied de Kate dans ses mains et lui passa délicatement sa chaussure.

— Merci beaucoup, monsieur, répondit-elle, remarquant avec irritation que le regard de l'inconnu s'attardait sur ses jambes.

Il leva la tête et elle rencontra ses yeux gris où brillait une lueur d'ironie. Il n'avait pas été sans remarquer son peu d'empressement à le remercier. Elle put enfin observer à son aise la physionomie de son sauveteur. Il avait une trentaine d'années et la beauté virile de ses traits devait lui assurer un nombre illimité de conquêtes féminines. Sous d'épais cheveux blonds, son regard d'un gris très pâle brillait d'intelligence et d'autorité. La lumière jouait dans ses prunelles, leur faisant prendre parfois un intense éclat bleu. Quand il tourna la tête, Kate remarqua la perfection de son profil mais elle détecta aussi une légère arrrogance dans le dessin ferme de son nez. La jeune femme s'arracha rapidement à la contemplation des lèvres de l'inconnu car un sourire moqueur, sarcastique même, les détendait.

— Je suis désolée, dit-elle après avoir remercié une seconde fois, mais je dois partir. Je me rends à un rendez-vous important et je ne peux me permettre d'être en retard.

L'homme se rassit à ses côtés, claqua la portière et se tourna vers elle.

— Où allez-vous ? demanda-t-il.

— Au restaurant du Club Apollo, répondit Kate.

Il se pencha vers le chauffeur qui venait de s'installer au volant.

— Votre cliente est très pressée, lui dit-il. Pouvez-vous la conduire au Club Apollo le plus rapidement possible ?

— Faites-moi confiance ! Je vais faire hurler les pneus dans les virages ! plaisanta le chauffeur en démarrant.

— Il est optimiste, murmura l'inconnu en se laissant aller contre le dossier de la banquette. Avec cette circulation, nous mettrons au moins vingt minutes...

Il se tourna vers Kate et lui décocha un regard malicieux.

— Si la chance est de mon côté, finit-il.

Elle ne lui rendit pas son sourire et le fixa froidement. Encore un Don Juan, pensait-elle en son for intérieur...

— Allez-vous dans la même direction ? s'informa-t-elle. Je ne voudrais pas vous retarder...

Il haussa les sourcils d'un air moqueur.

— Voulez-vous me faire comprendre que ma compagnie ne vous est pas agréable ?

— Vous m'avez rendu un grand service, jeta-t-elle laconiquement.

Le sourire de l'inconnu s'agrandit et il détailla sa compagne avec attention.

— Il me semble entendre le mot « mais » sur vos adorables lèvres...

— Si vous vous sentez d'humeur badine, monsieur, ce n'est ni le lieu ni le moment ! riposta-t-elle, furieuse. Et d'ailleurs, vous perdez votre temps...

— Aïe, Aïe ! gémit-il comiquement. Voyons un peu à qui nous avons affaire, continua-t-il en se redressant et s'installant confortablement pour observer Kate tout à loisir. Ses yeux se promenèrent avec une exaspérante lenteur sur le fin visage encadré de cheveux noirs, descendant ensuite sur sa mince silhouette vêtue de rose corail pour s'arrêter enfin sur ses longues jambes racées. Elle se raidit sous cette humiliante inspection. Quand l'homme releva enfin les yeux vers son visage, elle le toisa d'un air glacial. Nullement troublé par cette hostilité, il lui sourit. Une lueur d'amusement dansait dans ses yeux gris. Kate aurait souhaité le gifler pour son insolence. Elle prit une profonde inspiration pour contrôler la colère folle qu'elle sentait monter en elle, et décida de lui faire subir le même traitement qu'il lui avait infligé. Un sourire méprisant aux lèvres, elle laissa ses yeux glisser lentement sur le long corps masculin à ses côtés. Elle usait souvent de ce stratagème pour décourager les séducteurs de son espèce qui la poursuivaient. L'expérience avait prouvé que cet examen décourageait et gênait les plus entêtés d'entre eux. Cependant, il n'eut aucun succès ce jour-là ; Kate constata, à sa grande consternation, que le sourire moqueur de l'odieux personnage s'était encore élargi !

— Je suis beau, n'est-ce pas ? murmura-t-il avec dérision.

Elle soutint son regard, les traits figés par la colère.

— Peut-être, répondit-elle sèchement, mais je ne suis pas preneuse...

Elle songea secrètement qu'un homme si séduisant et si sûr de lui devait être marié. Elle ne pouvait vérifier s'il portait une alliance car il avait enfoncé ses mains dans ses poches mais elle plaignit sincèrement la femme qui avait peut-être lié sa vie à cet impudent.

— Avez-vous quelque chose contre le sexe masculin en général ?

— Non, riposta-t-elle du tac au tac, mais je n'ai

certainement pas de temps à perdre avec un de ses représentant, maintenant.

— Pourquoi allez-vous à l'Apollo ? questionna-t-il soudain.

— Pour déjeuner.

— Ah, murmura-t-il, je vois... Et je parie que vous déjeunerez avec un homme...

— De quoi vous mêlez-vous ?

— Donc, continua-t-il comme s'il réfléchissait à voix haute, vous allez déjeuner avec un homme... Certainement pas avec un ami d'enfance, vous ne seriez pas si nerveuse... Encore moins avec une autre femme, car, dans ce cas, vous ne vous inquièteriez pas de votre retard. Les femmes se moquent de faire attendre leurs semblables... Non, je suis sûr d'avoir raison ; vous avez rendez-vous avec un homme.

Il jeta un regard aux mains de Kate avant de reprendre :

— Vous ne portez pas de bagues, donc vous n'êtes pas mariée ou fiancée... Dites-moi, est-il séduisant ?

— J'ai tout d'abord à vous poser une autre question. En quoi cela peut-il vous importer ?

— J'ai deviné juste, reprit calmement l'inconnu, puisque vous n'avez rien démenti...

— Vous pouvez bien vous torturer la cervelle jusqu'à demain matin, vous ne réussirez pas à me faire parler ! siffla-t-elle.

— Pourquoi êtes-vous si méchante avec moi ? gémit-il, feignant d'être blessé par l'agressivité de Kate. Ne vous ai-je pas aidée à récupérer votre chaussure ? Ingrate !

— Je vous ai déjà remercié.

— Il me semble avoir droit à plus d'un « merci » accordé du bout des lèvres pour mon aide...

— Et que voulez-vous comme récompense pour cette malheureuse chaussure coincée dans une grille ? Une croix de guerre ?

Il éclata de rire, nullement décontenancé par le regard de plus en plus furieux de Kate. Il prenait de toute évidence beaucoup de plaisir à cette joute verbale.

— Vous avez pris ce taxi dans Fleet Street, reprit-il. Travaillez-vous dans ce quartier ?

— Et vous ?

— Ceci est une conversation, lui rappela-t-il gaiement, et non une partie de ping-pong.

Il tourna la tête vers la jeune femme et un rayon de soleil accrocha des reflets d'or à ses cheveux blonds. Le taxi s'arrêta à ce moment-là devant les portes du Club Apollo. Kate soupira de soulagement. Elle ouvrit précipitamment la portière et sauta sur le trottoir avant de se pencher vers le chauffeur accoudé à la vitre. Il souriait d'un air complice, et elle comprit qu'il avait suivit avec grande attention les propos qu'ils avaient échangés.

— Combien vous dois-je ? demanda-t-elle en se forçant à lui rendre son sourire.

— Laissez, je m'en occupe, intervint soudain derrière elle la voix de son indésirable compagnon.

Kate tenait à payer la course elle-même et, en d'autres circonstances, elle aurait vivement discuté l'issue, mais elle était déjà très en retard et ne voulait pas perdre plus de temps à parlementer avec ce rustre... Si ce monsieur si sûr de lui désirait l'impressionner par sa générosité, qu'il le fasse ! Mais qu'il ne compte pas sur une éternelle gratitude...

— Merci beaucoup, dit-elle d'une voix mielleuse en se tournant vers lui. Vous êtes vraiment un gentleman... Je vous suis tellement reconnaissante...

Ces aimables paroles étaient démenties par le regard meurtrier dont elle le couvait mais, une fois de plus, il s'amusa de sa rage et partit d'un franc éclat de rire. Kate tourna les talons et gravit rapidement les quelques marches qui menaient à l'entrée du Club. Elle se préparait à pousser la porte quand le portier l'arrêta.

— Un instant ! Etes-vous une invitée d'un membre du Club ?

Soupirant d'exaspération, Kate lui fit face et répondit, d'une voix tremblante de colère :

— Oui, je suis invitée !

— Quel est le nom de la personne qui vous a invitée ? continua imperturbablement le portier.

Des pas résonnèrent sur les marches de marbre derrière Kate à ce moment-là, et un bref regard jeté par-dessus son épaule confirma ses craintes. L'inconnu blond la rejoignait.

— M. Conroy, lui apprit-elle en se retournant vers le digne portier.

A la mention de ce nom, le visage de celui-ci devint immédiatement plus affable.

— Oh, je vois... M. Conroy m'a en effet prévenu. Il vous attend au bar. A droite, au fond du hall, Miss Marchant... Bon appétit !

Kate le remercia du bout des lèvres. Le Club Apollo était l'archétype de ces cercles britanniques très fermés où les femmes ne pouvaient entrer qu'après maintes vérifications de leur identité. Tant de mysoginie la faisait toujours bouillir de rage impuissante. Furieuse, elle tourna les talons pour se diriger vers la porte et, dans sa précipitation, heurta de plein fouet l'homme blond qui venait d'arriver à son niveau.

— Veuillez m'excuser, fit-elle avec hauteur en affrontant le regard gris clair.

Elle remarqua que son expression avait subitement changé. Il la fixait à présent sans le moindre amusement et son regard froid sous ses sourcils froncés ne contenait qu'une étrange curiosité.

— Vous allez déjeuner avec Dick Conroy ? questionna-t-il.

— Oui, répondit Kate, surprise. Vous le connaissez ?

Elle se reprocha immédiatement d'avoir abandonné la froideur dont elle voulait l'accabler pour lui poser cette question. Il n'y avait rien d'étonnant à ce que l'inconnu connaisse le prénom de Dick Conroy. Celui-ci apparaissait souvent à la télévision et la moitié de Londres suivait régulièrement ses émissions politiques.

— Oui, je le connais, articula lentement l'inconnu.

Son sourire avait disparu et une expression préoccupée assombrissait son visage.

— Veuillez m'excuser, monsieur, mais je suis en retard. Au revoir, le salua Kate avant de le contourner et de pousser la porte du Club.

Il ne la suivit pas, comme elle l'avait craint un instant, et elle se demanda tout en traversant le hall imposant du Club ce qui avait pu motiver son soudain changement d'humeur. Au seul nom de Dick Conroy, toute la gaieté moqueuse dont il l'avait entourée dans le taxi avait disparue. Peut-être le connaissait-il personnellement et le détestait-il ? Les ennemis de Conroy étaient légion dans le monde du journalisme à Londres. Il était doté d'un tempérament très coléreux et d'une verve cynique qui avait blessé plus d'un de ses confrères ou assistants par le passé.

Kate entra dans le bar luxueusement décoré et le chercha des yeux. Elle le vit enfin, assis à une table isolée dans un recoin, et s'avança vers lui. Il l'aperçut à ce moment et se leva pour l'accueillir.

— Veuillez m'excuser, Dick, commença-t-elle, je suis en retard. J'ai eu quelques peines à trouver un taxi...

— Ce n'est rien, la rassura-t-il. En fait, je viens juste d'arriver. Un embouteillage bloque toutes les rues depuis Westminster. Que désirez-vous boire, Kate ?

— Un Martini, décida-t-elle, merci.

Dick appela le serveur tandis qu'elle s'asseyait à ses

côtés. Un maître d'hôtel s'inclina bientôt devant eux et prit respectueusement leur commande avant de disparaître. Dick se laissa aller contre le dossier de son fauteuil et sourit aimablement à sa compagne. C'était un homme mince d'une quarantaine d'années, doté d'une incroyable énergie qui allait de pair avec un tempérament explosif. Ses yeux brillaient d'intelligence et semblaient continuellement en mouvement, observant les choses et les gens autour de lui. Il revenait d'une semaine de vacances aux Caraïbes qui avait donné à son visage habituellement pâle un hâle flatteur. Kate remarqua avec amusement qu'il était tout ébouriffé. Il arrivait toujours, impeccablement peigné, le matin, mais avait l'habitude de passer sa main dans ses cheveux quand il était irrité ou inquiet. Et les occasions de nervosité ou d'anxiété ne manquaient pas dans son poste de rédacteur en chef du quotidien où elle travaillait. Il quittait rarement, sinon jamais, son bureau sans être échevelé, à la fin de la journée.

— Nous devrions déjeuner ensemble plus souvent, dit-il soudain. Il y a longtemps que je désire vous inviter, mais le temps me manque toujours.

— Nous avons eu beaucoup de travail depuis le début de l'année, opina Kate.

— A qui le dites-vous! renchérit-il. L'été est supposé être une saison de calme dans le journalisme. Si tel est le cas, je me demande ce que nous allons faire en septembre!

Le serveur s'approcha d'eux, portant leurs consommations sur un plateau, et les servit avec une attention et un sérieux qui firent sourire Kate.

— Cela vous gêne-t-il si je fume? demanda Dick en sortant de sa poche un long cigare.

— En aucune manière si vous ne fumez pas, rétorqua-t-elle ironiquement.

— Ah, bien sûr, j'avais oublié votre opinion sur ce point! commenta-t-il en souriant et en remettant son cigare dans sa poche. Vous devriez être un peu plus tolérante, Kate...

— Je me demande si trop de tolérance est une bonne chose, répliqua-t-elle. En fait, si les gens étaient un peu moins « tolérants », notre monde aurait moins de problèmes...

— Nous n'avons pas la même conception du mot tolérance, fit-il en l'observant d'un air songeur.

Kate s'aperçut soudain que l'entretien avait commencé, sans qu'elle s'en aperçoive. Les yeux mi-clos, Dick l'étudiait, jugeait ses réactions.

— Depuis quand votre mari est-il mort ? demanda-t-il après quelques instants de lourd silence.

Il sait parfaitement à combien de temps remonte mon veuvage, pensa-t-elle, puisqu'il possède mon dossier. Et cette question ne pouvait être motivée par un oubli car chacun, au journal, savait qu'il possédait une mémoire extraordinaire. C'était une des qualités qui l'avaient aidé à devenir un rédacteur en chef hors pair. Néanmoins, Kate s'interdit de le lui faire remarquer. Toute sa nervosité avait disparu et elle entra dans le jeu subtil de Dick.

— Quatre ans, répondit-elle simplement.

— Comptez-vous vous remarier ?

— Non.

Certainement pas ! ajouta-t-elle en son for intérieur. Elle n'avait aucune envie de renouveler une désastreuse expérience conjugale.

Les yeux noisette de Dick inspectèrent rêveusement le visage ovale encadré de cheveux noirs de la jeune femme.

— Quel âge avez-vous, Kate ? continua-t-il.

Encore une fois, il ne pouvait ignorer son âge, et elle contrôla son irritation pour le lui dire le plus calmement possible :

— Vingt-six ans.

— Etes-vous fiancée, ou du moins, y a-t-il un

homme dans votre vie? poursuivit-il imperturbablement.

Elle se raidit instantanément à cette question.

— Non.

Elle fulminait intérieurement. Aurait-il osé poser cette question à un candidat masculin? Certainement pas...

Dick la gratifia d'un petit sourire indulgent.

— Je sais ce que vous pensez, Kate...

— Vraiment? demanda-t-elle sèchement.

Dick étant un homme, il pouvait bien sûr deviner la moindre pensée d'une femme, une de ces créatures si transparentes, si enfantines...

— Vraiment? répéta-t-elle en posant les yeux sur lui.

Il éclata de rire.

— Ne me regardez pas ainsi! Oui, je suis capable de lire en vous en ce moment... Vous vous demandez pourquoi je vous interroge sur votre vie privée alors que je ne devrais m'intéresser qu'à vos capacités intellectuelles, n'est-il pas vrai?

— Oui, admit-elle.

— Eh bien, voyez-vous, je me dois de le faire. Un homme n'abandonne jamais sa carrière quand il se marie, mais il n'en va pas de même pour une femme...

— Je vous l'ai déjà dit, je ne me remarierai pas! intervint-elle avec véhémence.

— Combien de fois ai-je entendu cette même promesse! soupira-t-il en haussant les épaules.

— Souvent, peut-être, mais je peux vous jurer que je resterai célibataire... Grâce à mon mari, je suis sans doute la plus farouche des adversaires du mariage...

Le sourire de Dick disparut et il hocha la tête d'un air las.

— Je suis bien placé pour vous comprendre, soupira-t-il à nouveau, et croyez bien que je partage votre opinion...

Dick s'était séparé de son épouse un an auparavant, alors qu'ils allaient fêter leur dixième anniversaire de mariage. Durant les mois qui avaient suivi ce divorce, il s'était montré d'humeur massacrante. Kate l'observa avec compassion. Après cette pénible expérience, il n'avait sans doute aucune hâte de renouveler la tentative... Elle connaissait Judy, l'ex-femme de Dick ; celle-ci travaillait toujours au journal pour la rubrique féminine. Elle était fort sympathique mais Kate savait d'expérience que l'on ne pouvait juger une personne sur la personnalité qu'elle présentait à ses collègues de travail. La femme ou l'homme le plus charmant en société se révélait parfois, envers son conjoint, d'un caractère exécrable. Assombrie par ces réflexions, elle finit son verre et le posa sur la table.

— Désirez-vous un autre apéritif ou passons-nous à table maintenant ? demanda Dick.

— Allons déjeuner, décida Kate en se levant.

— Le restaurant du Club propose un menu fixe à midi, expliqua-t-il tandis qu'ils se dirigeaient vers la salle à manger. Mais la chère est de toute façon toujours excellente ici.

Ils se retrouvèrent bientôt dans l'atmosphère feutrée du restaurant. Kate vit immédiatement que seule une autre femme se trouvait attablée. Le reste des clients était composé de dignes membres du Club, hommes d'affaires pour la plupart, seuls ou en groupe, et ils paraissaient tous fort contents d'eux-mêmes. Dick surprit le regard désapprobateur que sa compagne promenait sur cette assemblée et il se mit à rire doucement.

— Il faut vous rendre à l'évidence, Kate, nous sommes tous très mysogines dans ce Club. Les femmes ne peuvent entrer que sur invitation et toujours en nombre très limité. Cet endroit est un des derniers bastions de la suprématie masculine.

Ils commencèrent leur repas par un délicieux soufflé,

servi avec une salade variée. Dick commanda le vin au sommelier sans la consulter et, elle se demanda sarcastiquement si Judy n'avait pas eu de bonnes raisons de demander le divorce...

— Donc, vous détestez les hommes, fit soudain Dick.

— Je n'ai jamais rien dit de tel ! protesta-t-elle.

— C'est exact, mais on peut le deviner à la moindre de vos réflexions...

— Non, je ne déteste pas les hommes, se défendit-elle, rougissant malgré elle. Ce n'est pas le mot juste...

— Et quel est le mot juste ?

— Je... Je m'en méfie, voilà tout...

Méfiance était bien le terme qui convenait, songea-t-elle en son for intérieur. Un animal pris un jour au piège et rendu ensuite à la liberté est toujours plus prudent à l'avenir...

— Ce soufflé est délicieux, commenta-t-il peu après. Vous cuisinez bien, Kate ?

— Merveilleusement bien...

— Il faudra me le prouver un jour, la défia-t-il, souriant de la sécheresse avec laquelle elle lui avait répondu. J'adore la bonne table...

— Cela ne se voit pas, heureusement pour vous... remarqua-t-elle.

Il était d'une minceur proche de la maigreur. Son incroyable énergie brûlait sans doute tous les excès alimentaires qu'il se permettait. Quand l'heure de la mise sous presse approchait dans les bureaux du journal, on pouvait voir Dick Conroy courir d'un étage à l'autre, houspillant les journalistes, suppliant les secrétaires. Kate se plaisait à penser dans ces moments-là que quiconque l'aurait touché serait mort victime d'une décharge électrique !

— Je mange régulièrement ici, continua-t-il, presque chaque jour... Je me suis lassé d'ouvrir des boîtes de conserve le soir...

Le maître d'hôtel leur servit ensuite un appétissant rôti. Kate dégustait son verre de vin à petites gorgées tout en écoutant Dick commenter les problèmes internes du journal.

— Trop de nouvelles sans importance paraissent sur le journal en ce moment, se plaignait-il, mais si je refuse de publier l'article d'un journaliste, la réaction est telle que je fais figure de bourreau ! Il faudrait aussi avancer l'heure de la mise sous presse d'une demi-heure. Les camions de livraison partent beaucoup trop tard, selon moi...

Kate approuva d'un hochement de tête, comprenant que Dick parlerait de sujets anodins tant que le serveur serait auprès d'eux. Ils se mirent à manger en silence.

— Si je vous nomme directrice de votre département, par quoi commencerez-vous ? demanda-t-il enfin.

— Si je vous expose mes projets maintenant, je crois que nous prendrons le petit déjeuner ici, demain matin, plaisanta Kate.

— J'en déduis que vous voulez tout changer dans ce service, conclut-il. Vous n'avez pas tort, bien sûr... George est un très bon rédacteur mais il s'endort sur ses lauriers. D'autre part, il approche de l'âge de la retraite. Il est temps de remodeler tout cela...

Kate travaillait, souvent à son grand regret, sous la direction de George. Il avait graduellement, au cours des derniers mois, laissé sombrer leur rubrique dans la monotonie et la médiocrité. Elle s'en était aperçu mais il refusait d'écouter ses mises en garde, se contentant de sourire paternellement à chacune de ses remarques. Il avouait lui-même que son travail ne l'intéressait plus beaucoup et qu'il attendait avec impatience son départ en retraite, fixé au début de l'année suivante. Kate savait que Dick jugerait sa candidature sur les transformations qu'elle proposerait pour remettre son service sur la route du succès. Elle s'était longuement préparée à cet aspect de l'entretien. Néanmoins, elle feignit de réfléchir avant de commencer :

— Je crois qu'il faudrait changer l'orientation de notre rubrique.

— Dans quel sens ?

— Nous ne présentons pas assez de sujets d'actualité. George préfère accumuler les articles et les insérer au fur et à mesure...

Dick se concentrait sur son assiette, refusant obstinément de rencontrer le regard de Kate, mais celle-ci comprit qu'il s'agissait d'une tactique destinée à la décontenancer.

— Et ensuite, quelle autre transformation vous proposez-vous de faire ? interrogea-t-il d'un ton neutre.

— Nous consacrons trop d'articles à la politique, continua Kate. Un résumé hebdomadaire suffirait, selon moi... Je voudrais introduire plus d'enquêtes à caractère social et des interviews variées...

— Par exemple ? demanda Dick en relevant la tête.

— Par exemple une interview de la femme qui vient d'obtenir une nomination du gouvernement pour ses recherches scientifiques...

Les sourcils de Dick se froncèrent.

— Ce genre d'interview appartient à la rubrique féminine, remarqua-t-il.

— Et pourquoi donc ? s'offusqua-t-elle.

— Parce qu'il s'agit d'une femme, riposta-t-il sèchement.

— Vous insinuez donc qu'une telle information ne pourrait intéresser que les femmes ?

— Oui.

Leurs regards se défièrent et Kate sentit ses joues s'empourprer sous l'effet de la colère. Elle lutta pour conserver son sang-froid. Ce n'était pas la première fois qu'elle se heurtait à Dick sur ce sujet et ce ne serait sans doute pas la dernière.

— Mais ses travaux scientifiques devraient intéresser tout le monde ! protesta-t-elle.

— Marcia elle-même, bien que femme, ne serait pas d'accord, précisa-t-il. Elle tient à conserver toutes les nouvelles touchant aux femmes pour sa rubrique…

— Marcia est une excellente rédactrice à la rubrique féminine, je ne le conteste pas. Mais je voudrais vous faire comprendre que nous sommes au xxe siècle. Les femmes ne sont plus des analphabètes, elles lisent les journaux, tout comme les hommes, de la première à la dernière page. Pourquoi les confiner à une rubrique spécialement « féminine » ? Vous n'avez pas créé une page destinée aux hommes, que je sache, ou une rubrique pour les chiens !

— Je l'aurais créée si les chiens pouvaient lire, plaisanta Dick. Sérieusement, Kate, si je suivais vos conseils, Marcia m'en voudrait à mort…

Kate ne l'ignorait pas. Marcia et elle-même se disputaient souvent les mêmes articles.

— Je le sais, soupira-t-elle. Je ne vous demande pas de supprimer le département de Marcia… Mais je crois pouvoir améliorer notre page si vous me donnez carte blanche sur les sujets choisis…

— Ah, carte blanche ! gémit-il. Mot synonyme de « guerre civile » au journal… Si je supprimais la page des femmes, où mettrions-nous les recettes de cuisine et les dessins de mode ?

— Au panier à papier ! lança-t-elle avec véhémence.

Elle se mordit les lèvres, furieuse de s'être laissé emporter. Mais ce sujet lui tenait tant à cœur qu'elle ne réussissait jamais à en discuter calmement.

— Beaucoup de femmes aiment lire les conseils de beauté et recettes de cuisine, objecta-t-il.

— Elles peuvent les trouver dans les magazines féminins. Un quotidien ne devrait se préoccuper que d'actualité pure.

— Mais Marcia ne néglige pas l'actualité dans sa

rubrique. Elle insère souvent des articles sur l'éducation des enfants, les nouvelles lois d'adoption, la formation professionnelle, les...

— Voulez-vous dire que les hommes ne s'intéressent pas aux enfants ?

— Pas autant que les femmes... Allons, Kate, laissons ce sujet, nous ne parviendrons jamais à un accord. Quelle autre transformation dramatique voudriez-vous effectuer ?

— Ecoutez, Dick, si Marcia a le monopole de toutes les nouvelles concernant les femmes, ma rubrique perd la moitié de sa crédibilité. Les femmes la lisent, que vous le croyiez ou non !

— Je le crois, Kate. Vous m'avez déjà fait remarquer que les femmes lisent le journal de la première à la dernière page... Mais vous oubliez que les hommes ne s'intéressent absolument pas aux recettes de cuisine, aux lois de l'adoption ou aux problèmes de l'anatomie féminine. Pourquoi leur imposer des articles qu'ils ne liront pas ? Au moins, avec la rubrique féminine, ils savent immédiatement quelle page sauter...

— Quelle misogynie ! s'exclama-t-elle, outrée.

Elle contrôlait sa colère à grand-peine. Dick connaissait ses opinions sur ce sujet et la savait également dotée d'un caractère au moins aussi passionné et coléreux que le sien. Il la provoquait délibérément. Elle l'avait souvent vu user de ce stratagème en conférence de rédaction pour obliger les journalistes à se défendre, à l'affronter. Il considérait ce traitement comme stimulant et donc bénéfique à la qualité des articles.

— Ah, misogyne... Le mot à la mode, se moqua-t-il. Il est tellement plus facile d'user d'expressions toutes prêtes, que de réfléchir et de raisonner logiquement...

— Misogyne est un adjectif qui décrit parfaitement l'attitude actuelle des hommes envers les femmes et leurs problèmes, protesta-t-elle.

— Si elles ne réagissaient pas d'une manière aussi

émotionnelle, il n'y aurait peut-être pas de problème de la femme.

— Que voulez-vous dire ?

Les yeux bleus de Kate avaient pris un éclat dangereux tandis qu'elle fixait Dick, bouillante de colère.

— Que vous êtes pleines de préjugés, surtout envers les hommes, répondit-il tranquillement.

— Mon expérience des hommes... commença-t-elle, d'une voix tremblante de rage.

— Vous a traumatisée, l'interrompit-il sèchement. Je le sais. Et c'est pourquoi je trouve votre opinion sur les rubriques féminines quelque peu suspecte. C'est impossible, Kate...

— Impossible ? De quoi parlez-vous ?

— De promulguer une seule et même opinion pour les deux sexes. Les hommes ne sont pas des femmes et vice versa...

— Je n'ai jamais prétendu le contraire ! Je veux simplement que nous ayons les mêmes droits. Vous avez trop d'avantages et depuis trop longtemps... Par exemple, en entrant dans ce club, le portier m'a arrêtée et m'a demandé une justification de ma présence sur les marches de son établissement ! Et un peu plus tôt, j'ai partagé un taxi avec un homme qui a insisté pour payer ma course ! Aurait-il fait de même avec vous ? Certainement pas ! Vous auriez partagé la somme en deux et il n'aurait pas essayé de vous faire du charme !

— Ah ! Voilà donc la raison de votre mauvaise humeur ! la taquina Dick.

— Absolument pas ! protesta-t-elle, piquée au vif.

— Dites-moi, était-il séduisant ? s'amusa-t-il.

— Que vous importe ? Pourquoi les rapports hommes-femmes devraient-ils toujours être fondés sur une question de séduction ?

— Pourquoi pas ? répliqua-t-il, souriant. C'est une bien belle chose...

— En attendant, personne ne prend mon travail de

journaliste au sérieux, car je suis une femme, se plaignit-elle amèrement.

— Non, Kate, je vous prends au sérieux, la détrompa-t-il, le visage grave. Vous êtes une excellente journaliste, sous tous les rapports. Pourquoi croyez-vous que j'aie demandé votre transfert du département des faits divers à la rubrique de George, il y a un an ? Vous avez du flair, un très bon style et de grandes qualités d'organisation. Chose qui n'est pas donnée à tous, croyez-moi...

— Merci, murmura Kate en lui souriant, rassérénée par ces compliments qu'elle savait sincères.

— Cependant, continua Dick, je ne peux vous faire de promesses. Vous êtes un excellent élément de notre personnel mais je dois encore recevoir deux ou trois autres candidats avant de vous confier ma décision...

— Bien sûr.

George ne partant en retraite que dans quelques mois, elle comprenait que Dick ne soit pas pressé de nommer son remplaçant ou sa remplaçante. Mais elle possédait de bonnes chances d'être promue. Pour raisons de santé, George était souvent absent et elle avait prouvé qu'elle pouvait parfaitement gérer son service seule et prendre des décisions importantes de son propre chef. Dick n'avait pas été sans le remarquer.

Durant le reste du repas, ils ne parlèrent plus de travail et la conversation évolua sur les nouveaux livres et pièces de théâtre de la saison. Dick était très spirituel et Kate aimait beaucoup l'écouter parler. Il était un des rares hommes dont elle appréciait la compagnie car il ne tentait jamais de flirter avec elle. Toby, son mari, avait été le pire des don Juan et leur court mariage s'était soldé pour Kate par une profonde méfiance pour toute la gent masculine en général. Elle l'avait rencontré à dix-huit ans et l'innocente et naïve jeune fille qu'elle était alors avait été fascinée par son charme irrésistible, sa prestance d'homme mûr et sûr de lui-même, et surtout par ce sourire à la fois moqueur et tendre dont il usait en la regardant. Elle savait que Toby était poursuivi par presque toutes les femmes mais elle était tombée follement amoureuse de lui et, à sa grande surprise, Toby lui avait un jour avoué qu'il l'aimait. Quelques mois plus tard, elle l'épousait et durant les premiers mois de son mariage, elle avait remercié chaque jour le ciel de lui avoir donné un époux si beau et si charmant. Mais graduellement, Toby s'était montré à elle sous son vrai jour et elle s'était alors aperçu de son erreur. Malgré son mariage, il continuait à courtiser les femmes et s'accordait d'innombrables aventures extra-conjugales. En fait, il méprisait ses conquêtes mais il aimait séduire. Quand la proie se rendait à ses avances, elle perdait tout intérêt à ses yeux et il l'abandonnait. Kate avait un jour compris qu'il l'avait seulement épousée pour la seule et bonne raison qu'elle s'était refusée à lui. Dépité par ce refus, incompréhensible pour lui, il l'avait demandée en mariage et, après leur lune de miel, il s'était vengé. Sous son visage séduisant, sous ce sourire tendre, Toby dissimulait une âme diabolique et un sadisme exacerbé. Il avait commencé à humilier Kate en public, flirtant délibérément devant elle avec d'autres femmes et s'amusant ensuite de sa jalousie. Un beau jour, Kate s'était révoltée contre ce traitement et avait décidé de faire chambre à part. Furieux, Toby l'avait sauvagement giflée. Ce dramatique épisode avait détruit en Kate tout amour pour son époux. Elle avait cherché refuge chez ses parents mais il ne lui avait plus laissé une minute de paix, exigeant d'elle qu'elle revienne immédiatement au domicile conjugal. La jeune femme n'avait pas osé confier à ses proches la vraie raison de leur séparation et ceux-ci l'avaient forcée à suivre Toby, l'accusant d'être une épouse enfantine et capricieuse. Comment auraient-ils pu deviner la vraie nature de Toby ? Il leur avait toujours offert un visage souriant, déployant tout son charme pour conquérir leur estime. Et Kate, humiliée, malheureuse, ne pouvait se résoudre à leur confier ses problèmes, à leur dire la vérité. Bon gré, mal gré, elle avait dû réintégrer son foyer et Toby s'était montré ce jour-là d'une violence inadmissible. Kate en était venue peu à peu à souhaiter que son mari rencontre une autre femme, qu'il tombe amoureux et demande le divorce. Elle ne pouvait plus supporter sa présence et soupirait de soulagement dès qu'il quittait leur appartement le matin. Quand ils se rendaient ensemble à une réception, elle observait avec incrédulité les autres invités. Comment pouvaient-ils le trouver sympathique, charmant ? Comment Toby réussissait-il à dissimuler si parfaitement sa vraie nature sous des dehors d'homme courtois et doux ? Quand il avait trouvé la mort dans un accident, Kate avait longtemps été torturée entre un immense soulagement et une terrible culpabilité. Elle le haïssait alors depuis longtemps et aurait demandé leur séparation si elle n'avait pas su qu'il l'aurait poursuivie obstinément pour se venger d'elle par la violence. Il profitait habilement de la crédulité de leur entourage. Chacun aurait accusé Kate de l'échec de leur mariage. Dick était au courant de la traumatisante expérience de Kate. Un soir, un an auparavant, elle travaillait dans son bureau désert pour corriger des articles quand Dick était entré, ivre. Il se préparait alors à quitter son épouse Judy et, à bout de nerfs, il avait confié à Kate ses problèmes d'une voix pâteuse. En retour, elle lui avait conté son désastreux mariage. Dick n'avait jamais oublié ses confidences, malgré son état d'ébriété avancée. Il la respectait profondément, malgré les fréquentes querelles qui les opposaient et Kate en était venue à lui accorder toute sa confiance. Mais il était l'unique exception à une règle solidement établie : elle détestait les hommes et la moindre avance de leur part la faisait frémir de dégoût.

Depuis la mort de Toby, elle s'était consacrée à sa carrière et elle avait la ferme intention de ne plus jamais établir de rapports sentimentaux avec quiconque.

2

Quand Kate arriva à la porte de son appartement, le soir suivant, elle trouva Olivier, son jeune frère, assis sur le paillasson. Olivier était un bel adolescent de dix-sept ans et il accueillit sa sœur avec un gai sourire.

— Bonjour, Olivier, que me vaut l'honneur de ta visite ? demanda-t-elle en ouvrant la porte.

Il se leva nonchalamment et la suivit dans la cuisine.

— J'ai faim, petite sœur, annonça-t-il. Que peux-tu m'offrir ?

— Tu as toujours faim, remarqua-t-elle tendrement en le regardant fouiller dans le garde-manger. Maman ne te donne plus à manger ?

— Si, mais je suis en pleine période de croissance, j'ai besoin de beaucoup de nourriture, décréta-t-il d'un ton sentencieux. A propos, je n'ai plus un sou...

— Allons bon ! Et pourquoi as-tu besoin d'argent ? soupira Kate.

— Je ne peux te le dire...

Les yeux bleus d'Olivier, si semblables à ceux de sa sœur, brillaient d'une lueur malicieuse. Kate éclata de rire.

— J'ai compris, Olivier... Et comment s'appelle l'élue de ton cœur ?

Les femmes consituaient déjà un gros problème financier pour le jeune homme. Il tombait amoureux d'une semaine à l'autre et tenait à impressionner ses conquêtes par des séances au cinéma ou de petits cadeaux.

— Primrose, répondit-il modestement.

— Primrose ? Quel nom bizarre ! s'exclama Kate. Olivier ! Cesse de fouiller dans mon garde-manger et dis-moi de combien tu as besoin…

— Combien peux-tu me donner ? s'enquit Olivier, rusé.

— Deux livres sterling, décida Kate après quelques instants de réflexion. C'est mon dernier mot… Je ne travaille pas pour que tu puisses emmener tes amies au cinéma…

Il accepta les deux billets de banque avec un grand sourire de satisfaction.

— Merci, tu es vraiment la plus gentille des sœurs !

— Je le pense aussi… commenta-t-elle en le couvant d'un regard à la fois amusé et sévère. Veux-tu une tasse de café ?

— Volontiers, accepta-t-il en s'installant sur un tabouret. Pourquoi es-tu aussi élégante, aujourd'hui, Kate ?

— Je me suis rendue à une interview, expliqua-t-elle.

— Vraiment ? Je croyais qu'il s'agissait d'un rendez-vous sentimental, la taquina-t-il.

Kate ne répondit pas. Olivier n'était encore qu'un enfant quand Toby était mort et il ne comprenait pas pourquoi sa sœur ne s'était jamais remariée.

— Absolument pas, démentit-elle, évitant son regard. J'ai déjeuné avec Dick Conroy…

— Ah ! Le rédacteur en chef en personne ! Bravo !

Olivier connaissait Dick grâce à ses émissions de télévision et, sans jamais vouloir l'avouer, il admirait beaucoup le directeur de sa sœur.

— Vas-tu être promue au poste de George ? demanda-t-il, curieux.

— Peut-être... Je ne le saurai que peu avant le départ de George en retraite...

— Le roi va mourir, vive la Reine ! plaisanta-t-il.

— Très drôle ! répliqua Kate en poussant vers lui une tasse.

Olivier était outrageusement gâté par leur mère, à la différence de Kate. Leur père était un médecin fort absorbé par son travail, et il n'avait jamais manifesté un grand intérêt pour l'éducation des enfants. Malgré tous ses efforts, Mme Marchant ne pouvait dissimuler sa préférence pour son fils. Kate n'en éprouvait aucune rancune. Elle adorait son petit frère et nourrissait des sentiments presque maternels à son égard. D'autre part, son mariage malheureux l'avait beaucoup mûrie et elle se sentait beaucoup plus âgée que ses vingt-six ans.

— Finalement, tu es très jolie, décréta soudain Olivier, en la détaillant d'un regard indulgent. Dis-moi, Toby te manque-t-il beaucoup ?

— Non, répondit-elle brièvement en détournant les yeux. Ton café refroidit, Olivier, bois-le...

— Je n'insiste pas, fit-il, feignant d'être offensé, je vois que tu n'aimes pas parler de lui... Donc, tu vas être promue...

— Rien n'est encore sûr... Dick doit recevoir d'autres candidats...

— Et penses-tu être choisie ?

— Je crois avoir une chance.

— Alors, le journalisme n'est plus un bastion masculin, conclut-il, connaissant fort bien les opinions de sa sœur sur l'égalité des sexes.

— C'est faux, corrigea Kate. Les femmes n'occupent que des positions subalternes au journal. Tous les directeurs de service sont des hommes jusqu'à présent...

— Quel dommage ! la taquina Olivier. Pourquoi

n'organises-tu pas une croisade contre cette honteuse attitude misogyne ?

— Olivier, tu vas me rendre l'argent que je t'ai donné ! le menaça-t-elle.

Il sauta au bas de son tabouret et se dirigea en courant vers la porte.

— Au revoir, petite sœur ! Merci pour ton aide...

— Je suis folle de me montrer si généreuse envers le garnement que tu es, se lamenta comiquement Kate.

— Tu as droit à ma gratitude éternelle ! déclama-t-il depuis la cage d'escalier. Je saluerai Primrose de ta part, n'est-ce pas ?

Après son départ, l'appartement sembla soudain sinistrement silencieux à Kate. Elle se prépara un léger souper puis s'installa ensuite à sa table de travail pour étudier les dossiers qu'elle avait amenés du bureau. Il lui fallait les lire rapidement pour trouver l'article ou les articles susceptibles d'êtres publiés. Depuis des mois, George la chargeait de ce travail routinier et ennuyeux. Il préférait s'attarder à l'extérieur de son bureau à l'heure du déjeuner, s'absentant parfois des heures durant et quittant le journal à six heures pile. Kate devait alors surveiller seule la mise en page et ne rentrait chez elle qu'à la nuit tombée. George avait totalement abandonné ses responsabilités de chef de service mais il refusait de laisser Kate prendre les décisions seule, ou du moins, sans son approbation. Elle adorait son métier mais le surcroît de travail que lui imposait la paresse de son supérieur l'irritait chaque jour un peu plus.

Le lendemain matin, à dix heures, George n'avait toujours pas fait son apparition au bureau. Quand Mary, la secrétaire, partit boire un café, elle offrit d'en rapporter une tasse à Kate, à son retour.

— Dois-je en apporter une pour M. Randal ? demanda-t-elle, fixant le fauteuil vide du directeur. Croyez-vous qu'il vienne travailler aujourd'hui ?

— Je n'en sais rien, répondit Kate avec impatience. Il n'a pas téléphoné pour nous prévenir.

Le visage enfantin de Mary prit une expression boudeuse. C'était une grande jeune fille maigre, à la voix haut-perchée et au caractère extrêmement susceptible. Elle boudait parfois durant des semaines pour une simple remarque un peu sèche de Kate. Celle-ci le savait, mais elle ne pouvait s'empêcher de la houspiller car Mary était d'une exaspérante lenteur dans son travail.

Après son départ, Kate se replongea dans son labeur. Quelques minutes plus tard, la porte s'ouvrit et elle leva la tête, s'attendant à voir George entrer. Ses yeux s'arrondirent de surprise quand elle reconnut la longue silhouette masculine appuyée à l'embrasure.

— Que faites-vous ici ? s'exclama-t-elle, stupéfaite.

— Je viens chercher l'argent que vous me devez, répondit calmement l'inconnu blond.

— L'argent ? Quel argent ? demanda-t-elle, incrédule.

Il s'avança vers le bureau de Kate d'un pas nonchalant, et s'assit avec désinvolture sur le bord de la table.

— Vous me devez la moitié de la course du taxi, rappelez-vous...

— Mais... Vous aviez dit que vous vous en chargerez ! protesta-t-elle, rougissant malgré elle.

Sans attendre de réponse, elle saisit son sac à main et en sortit son porte-monnaie.

— Combien vous dois-je ? s'enquit-elle sèchement, évitant son regard gris, toujours aussi moqueur.

— Quatre-vingts pences suffiront, déclara-t-il, magnanime.

— Les voici, fit Kate en lui tendant quelques pièces. Comment avez-vous su que je travaillais ici ?

— J'ai d'excellentes sources d'information, dit-il d'un air mystérieux en empochant l'argent. Et à présent que vous m'avez sauvé de la ruine, puis-je vous inviter à déjeuner ?

— Non ! refusa-t-elle sèchement.

— Vous devriez dire : non merci, rétorqua-t-il. Soyez polie...

Il la détailla des pieds à la tête d'un air admiratif qui la fit frémir de colère.

— Vous avez l'air d'une femme d'affaires, vêtue ainsi, critiqua-t-il. Je vous préférais dans votre robe rose...

— Je ne m'habille pas pour vous plaire, riposta-t-elle.

— Vous le ferez un jour, décréta-t-il tranquillement.

Les joues de Kate s'enflammèrent. Elle se leva d'un bon et cria :

— Sortez ! Qui vous a permis de vous promener dans cet immeuble ?

— Déjeunerez-vous avec moi si je vous laisse payer votre part ? demanda-t-il, feignant de n'avoir pas entendu la question de Kate.

— Non !

— Pourquoi non ?

— Parce que !

Il grimaça d'une manière comique et leva les yeux au ciel, feignant l'exaspération.

— Quelle femme insupportable ! Je ne comprends pas comment j'ai pu désirer vous inviter à déjeuner...

— Moi non plus ! rétorqua Kate, tremblante de rage. Comment êtes-vous entré dans cet immeuble ?

— J'y travaille, répondit-il simplement.

Stupéfaite, la jeune femme perdit contenance.

— Mais, balbutia-t-elle, je ne vous ai jamais vu au journal auparavant...

— J'étais à l'étranger, l'informa-t-il laconiquement.

Kate étudia son visage avec attention et la mémoire lui revint soudain. Elle aurait dû le reconnaître immédiatement mais, la veille, elle était trop nerveuse pour lui prêter grande attention.

— Eliot Holman, murmura-t-elle lentement. Vous êtes revenu des Etats-Unis ?

— Oui, définitivement.

Eliot Holman était le correspondant du journal aux Etats-Unis depuis plus de cinq ans et sa chronique connaissait un grand succès en Angleterre. Kate avait toujours admiré le style concis et attrayant de ses enquêtes. La nouvelle de son retour à Londres la surprenait beaucoup.

— N'est-ce pas une merveilleuse nouvelle ? ironisa-t-il.

— Qui vous remplace à New York ? l'interrogea-t-elle, ignorant sa question.

— Bob Riley. Il vient de revenir d'Australie.

— L'Amérique ne va-t-elle pas vous manquer ? demanda Kate avec curiosité.

— Je le croyais, répondit-il en l'observant d'un air entendu, mais à présent... Je n'en suis plus si sûr...

Cette discrète flatterie réveilla la colère de Kate et elle se mordit les lèvres pour ne pas lui décocher une répartie cinglante.

— Quel poste allez-vous occuper, maintenant ? interrogea-t-elle, changeant volontairement de sujet.

— Je n'en sais rien encore. J'ai l'intention d'écrire un livre mais il me faut travailler pour gagner mon pain quotidien jusqu'à ce qu'il soit publié... En attendant, j'ai très envie de déjeuner en votre compagnie. J'aime regarder un joli spectacle tout en me restaurant...

— Eh bien, mettez un miroir sur la table, en face de vous... ironisa Kate.

Elle pensait le vexer par cette plaisanterie mais il ne fit qu'éclater de rire.

— Quelles griffes acérées vous possédez !

Décontenancée par cette inébranlable bonne humeur, elle baissa les yeux.

— J'ai du travail... l'informa-t-elle sèchement.

— Vous ne sortez pas pour déjeuner? s'enquit-il, surpris.

— Non, pas aujourd'hui...

Débordée de travail, elle passait souvent l'heure du déjeuner à son bureau, car elle ne pouvait compter sur l'aide de George.

— J'ai une conférence de rédaction dans dix minutes, annonça-t-elle en jetant un coup d'œil à sa montre-bracelet. Si vous voulez bien m'excuser...

— Je vous excuse, déclara-t-il avec une feinte indulgence. Mais je reviendrai à midi pour voir si vous avez changé d'avis...

— Ne vous donnez pas cette peine, je ne sortirai pas du bureau aujourd'hui...

Mary entra à ce moment-là, portant avec précaution une tasse de café. Eliot se tourna vers elle et lui dédia son plus beau sourire. Mary le reconnut immédiatement car elle avait travaillé dans son service quelques années auparavant. Ils commencèrent à échanger des souvenirs et des plaisanteries, citant des noms et des dates. Quelques minutes plus tard, Eliot se tourna vers Kate et lui rappela :

— Je viendrai vous chercher à midi...

Puis, sans attendre de réponse, il sortit, laissant Kate abasourdie et furieuse.

— Vous déjeunez avec Eliot, aujourd'hui ? demanda Mary, incrédule.

Chacun au journal connaissait l'aversion de Kate envers les hommes, et la surprise de Mary était compréhensible. Elle avait une âme très romantique et croyait que Kate ne s'était jamais consolée de son veuvage. Tous avaient adopté cette opinion. Kate s'en accommodait fort bien car elle n'avait pas ainsi à subir les avances de ses collègues masculins. De ce point de vue, sa réputation lui convenait parfaitement et elle n'avait pas l'intention de la démentir.

— Non, répondit-elle fermement, je ne déjeunerai pas avec lui...

Elle jeta un coup d'œil distrait à sa montre et sursauta.

— La conférence de rédaction ! gémit-elle en courant vers la porte.

Le bureau de Dick était déjà plein et, la voyant entrer, il lui jeta un regard sévère. Dick ne tolérait pas l'inexactitude. D'habitude, Kate n'assistait pas aux conférences de rédaction, mais, en l'absence de George, sa présence s'avérait indispensable. Elle s'installa entre le directeur de la rubrique des sports et le rédacteur des faits divers. La conférence commença. Dick passa en revue les nouvelles et articles qui seraient publiés dans l'édition du lendemain. Quand son tour de parler arriva, Kate fit un résumé des informations qu'elle comptait insérer dans la partie la concernant. Alors qu'elle évoquait un certain sujet, elle vit Dick faire la grimace.

— Cela ne me plaît pas beaucoup, déclara-t-il d'un ton coupant.

La décision finale lui appartenait, mais Kate savait qu'il voulait la voir protester, défendre son sujet.

— L'article est très bien écrit, fit-elle remarquer en soutenant son regard sévère.

— Nous avons déjà publié une enquête de ce genre il y a quelques semaines, objecta-t-il. C'est plus que suffisant...

Kate ne l'ignorait pas mais elle avait de bonnes raisons d'insérer ce complément d'information. Baissant les yeux, elle annonça d'un ton neutre :

— Judy a trouvé de nouveaux aspects sur la question...

Un silence de mort tomba dans le bureau. Tous les journalistes présents s'absorbèrent dans la contemplation de leurs mains. Les yeux de Dick se rétrécirent dangereusement.

— Eliminez l'article, décida-t-il d'un ton sans réplique avant de passer au journaliste suivant.

Kate haussa légèrement les épaules, résignée. Les articles de Judy étaient toujours bons et très amusants mais elle ne pouvait espérer convaincre Dick. Comment allait-elle annoncer ce refus à Judy ? Quand celle-ci lui avait confié son travail, Kate l'avait beaucoup aimé et lui avait promis de le faire publier dans sa rubrique. Il lui faudrait à présent revenir sur sa promesse. Quand la conférence de rédaction fut terminée, Dick demanda à Kate quelques instants d'entretien privé. Dès qu'ils furent seuls, il attaqua d'un ton menaçant :

— Ne faites plus jamais cela, Kate...

— Quoi donc ? demanda-t-elle, rougissant malgré elle.

— Vous le savez fort bien, gronda-t-il. J'ai refusé votre article pour des raisons professionnelles et le fait qu'il ait été écrit par mon ex-femme n'y change rien. Je déteste ce genre de chantage sentimental, surtout en public...

— Je n'avais pas l'intention de... protesta Kate.

— Peut-être, mais que cela ne se reproduise plus, la prévint-il sévèrement. Au revoir...

Il lui tourna le dos et se replongea dans ses papiers. Kate sortit du bureau, catastrophée. Elle prit l'ascenseur et descendit à l'étage où travaillait Judy. Mieux valait lui annoncer la mauvaise nouvelle avant que les bruits ne lui reviennent, déformés. Judy occupait un coin d'un grand bureau éclairé au néon. Trois autres journalistes travaillaient dans ce local sinistre mais la table de l'intéressée était isolée, à l'extrémité du bureau. Kate constata ce fait avec irritation. Sa collègue travaillait pour la rubrique féminine, était-ce une raison pour l'isoler comme une pestiférée ?

A ce moment-là, Judy leva les yeux et lui sourit.

— Bonjour, Kate, la salua-t-elle gentiment, pourquoi as-tu l'air si préoccupée ?

Kate prit une grande inspiration et décida de ne pas tergiverser.

— Judy, commença-t-elle, ton article ne peut être publié...

La jeune femme se redressa sur son siège et fronça les sourcils, observant son vis-à-vis d'un air soupçonneux. A trente-six ans, Judy était encore remarquablement mince. Elle s'habillait avec goût et sa chevelure rousse prêtait à sa physionomie une vitalité très attirante. Son divorce l'avait profondément marquée et Kate se rappelait avec regrets les jours du passé où le rire de Judy résonnait dans les couloirs du journal. Elle n'avait pas abandonné son travail de rédactrice mais ses rapports avec son ex-mari restaient tumultueux. La plupart du temps, ils s'ignoraient obstinément et ne se saluaient jamais quand ils se rencontraient dans un bureau.

— Pourquoi ? demanda-t-elle à Kate, l'observant avec attention.

Cette dernière hésita, ne pouvant se résoudre à révéler la brutale vérité.

— Dick, n'est-ce pas ? devina Judy.

— Tout est de ma faute, intervint précipitamment Kate. J'avais oublié que nous avions déjà publié une enquête similaire, il y a quelque temps...

— Non, Kate, ce n'est pas de ta faute, avoue-le... Je sais fort bien qui je dois accuser...

— Non, Judy, tu ne dois pas penser que...

— N'en parlons plus, l'interrompit-elle.

— Je n'ai pas mentionné ton nom, expliqua Kate, mais...

— Mais Dick devine toujours tout, conclut l'autre avec amertume.

— J'aime beaucoup tes articles, Judy, pourquoi n'en écrirais-tu pas un sur...

— Non, merci, coupa-t-elle sèchement. Cet imbécile de Dick le refuserait encore pour m'humilier...

— Je suis vraiment désolée, s'excusa à nouveau Kate, contrite.

Ces explications lui coutaient beaucoup mais il était de son devoir de prévenir Judy avant que l'incident de la conférence de rédaction ne lui soit rapporté par quelques langues malveillantes.

Elle regagna son bureau de fort mauvaise humeur. Dick avait-il vraiment rejeté l'article pour des raisons professionnelles ? Ses sentiments personnels pour son auteur étaient-ils étrangers à sa décision ? Il était dur mais juste, et un tel comportement aurait beaucoup étonné Kate. Mais elle n'était pas son ex-épouse, comme Judy, et savait d'expérience que les apparences étaient parfois trompeuses...

Elle venait de s'asseoir à sa table de travail quand la porte s'ouvrit et Eliot entra. Elle le fixa d'un regard froid.

— Vous avez faim ? demanda-t-il aimablement.

— Non, répondit-elle froidement. Je vous ai déjà dit que je ne déjeunerai pas avec vous.

— Kate, vous commencez à m'irriter, fit-il à voix basse en s'appuyant des deux mains sur le bureau de la jeune femme et en plongeant son regard dans le sien.

— Dois-je mettre les points sur les i, Eliot ? rétorqua-t-elle avec impatience.

— M'avez-vous bien compris, Kate ?

— Oui... Mais vous ne m'intéressez pas...

— Vous a-t-on déjà dit que vos yeux sont deux morceaux de glace ?

— Vous a-t-on déjà dit que vous les indisposez ?

Il feignit de réfléchir longuement à cette question avant de répondre :

— Non... Habituellement, les femmes battent des cils et tombent à genoux...

— Très peu pour moi ! répliqua Kate, réprimant avec difficulté un sourire amusé.

— Vous devriez songer à les imiter, un de ces jours… suggéra-t-il, moqueur. Pourquoi ne souriez-vous jamais, Kate ? Je vous ai déjà vue esquisser une petite grimace faisant office de sourire, mais vous ne souriez jamais avec vos yeux… Vos merveilleux yeux bleus…

— Soyez sans crainte, je ne m'en priverai pas dès que vous serez sorti de ce bureau…

— Vous êtes insupportable, murmura-t-il lentement, détaillant le visage de la jeune femme avec une expression si étrange qu'elle rougit.

Le silence s'appesantit tandis qu'il continuait à observer Kate, pensif. Puis il tourna brusquement les talons et sortit, sans ajouter un mot de plus. Après son départ, Kate resta songeuse durant de longues minutes. Pourquoi son cœur battait-il si fort ? Eliot était le premier homme, depuis Toby, qui réussissait à la troubler, et cette constatation l'alarma. Elle ne voulait éprouver d'attirance pour personne et encore moins s'abandonner à une aventure sentimentale. Sa carrière était et devait rester sa seule raison de vivre. Après la traumatisante expérience de son mariage, elle évitait soigneusement tout ce qui aurait pu compromettre sa paix intérieure chèrement acquise…

Kate se força à se replonger dans son travail mais une demi-heure plus tard, elle fut à nouveau interrompue. Judy entra dans son bureau et l'invita à déjeuner.

— Laisse tout cela, et allons manger, insista-t-elle. Je t'offrirai une bouteille du meilleur vin…

— Ah ! Que devons-nous célébrer ? demanda gaiement Kate.

— Rien, en fait, admit sombrement Judy. Mais un peu de vin me fera du bien. Je viens de me quereller avec Dick…

— Oh, je vois…

— Je sais, je n'aurais pas dû aller lui demander des explications, se repentit Judy en baissant les yeux, mais... Chaque fois que nous nous parlons, Dick et moi, la conversation finit en dispute sauvage. Il possède une langue acérée et je devrais me méfier, depuis tout ce temps...

Kate garda le silence. Elle ne voulait pas prendre parti mais sa compassion allait toujours instinctivement aux femmes dans les problèmes conjugaux.

— Descendons déjeuner, décida-t-elle en se levant.

Au cours du repas, Judy se pencha vers Kate et lui demanda d'un ton confidentiel :

— Et toi, Kate, comment te sens-tu ?

Comme tout le personnel du journal, elle croyait que son amie ne s'était toujours pas consolée de son veuvage.

— Oh, je survis, répondit-elle d'un ton neutre en évitant le regard fixé sur elle.

— Que pouvons-nous faire d'autre? soupira Judy, haussant les épaules d'un air fataliste. Si ce n'était pour mon fils, je crois que je deviendrais folle...

— Comment va-t-il ? s'enquit Kate avec sollicitude.

Kevin, le fils de Judy et de Dick avait maintenant huit ans, et Kate se demandait s'il ne souffrait pas du divorce de ses parents.

— C'est difficile à dire. Tout va bien en apparence, mais je ne peux savoir s'il a été traumatisé par notre séparation...

— Dick vient-il le voir ?

— Oui, très souvent. En fait, il s'en occupe plus maintenant que quand nous vivions ensemble...

Kate observa attentivement Judy et se demanda si elle ne s'était pas séparée de Dick pour cette raison précise : les absences trop fréquentes de son mari. Mais, avec la profession qu'il exercait, le problème pouvait difficilement être résolu...

A ce moment-là, une silhouette masculine s'arrêta à

leur table, et, levant les yeux, Kate rencontra un regard gris et rancunier.

— Donc, vous mangez de temps en temps, observa-t-il sarcastiquement.

— Eliot ! s'exclama Judy. Comment vas-tu ?

Eliot se pencha vers Judy et déposa un affectueux baiser sur sa joue.

— Bonjour, chère Judy...

Sa voix était pleine de tendresse et un profond malaise envahit Kate quand elle les vit échanger un regard complice. Gênée, elle baissa les yeux. Il était évident qu'ils se connaissaient de longue date...

— Assieds-toi, Eliot, le pressa Judy. Veux-tu du vin ?

Eliot se laissa tomber sur une chaise, appela le serveur et commanda trois cafés et trois cognacs.

— Non, je vous remercie, mais je dois partir, annonça Kate en se levant, j'ai beaucoup de travail aujourd'hui... Judy, merci beaucoup pour le déjeuner. A bientôt.

Adressant un petit sourire à la ronde, elle tourna les talons et se dirigea vers la porte. Mais en passant devant la vitrine du restaurant, elle ne put s'empêcher de jeter un coup d'œil à l'intérieur et vit Eliot et Judy plongés dans une conversation sans doute fort intime car leurs têtes étaient rapprochées. Quels étaient exactement leurs rapports ? se demanda-t-elle. Avant de détourner ses yeux, elle eut le temps de surprendre Eliot se pencher vers Judy et déposant un léger baiser sur son front.

3

La mystérieuse absence de George fut expliquée le lendemain matin. Vers dix heures, Dick entra dans le bureau de Kate.

— Mauvaise nouvelle, annonça-t-il. George a été victime d'une crise cardiaque...

— Oh, non! s'exclama Kate, consternée. Est-ce grave?

— George s'en remettra mais il ne pourra plus travailler... Il faudra vous débrouiller seule pendant quelque temps. Vous en sentez-vous capable?

— Bien sûr...

N'avait-elle pas dirigé le service officieusement depuis six mois? Durant le reste de la journée, elle ne put s'empêcher de penser à George. Elle se reprochait de l'avoir jugé si sévèrement. A son âge, souffrant d'une maladie cardiaque, comme pouvait-on l'accuser d'avoir perdu tout intérêt pour ses activités?

Vers six heures, d'humeur mélancolique, Kate ferma son bureau et prit l'ascenseur pour descendre au rez-de-chaussée. La cabine était bondée et elle se retrouva serrée contre... Eliot Holman! Il ne lui adressa pas la parole. Son sourire habituel avait disparu. Elle ne s'inquiéta pas de ce changement d'attitude à son égard. Il avait enfin compris qu'il était inutile de se forcer à être charmant envers elle.

Elle se préparait à descendre les marches de la station de métro quand elle reconnut la tête blonde d'Eliot dans un taxi. A ses côtés se trouvait Judy. Pourquoi pas? pensa Kate en se laissant entraîner par le flot des passagers du métro. Judy était libre et encore très attirante... Quant à Eliot, il revenait des Etats-Unis et cherchait une compagnie féminine. Kate aurait dû être flattée par ses avances mais elle ne l'était pas. Elle espérait seulement qu'il distrairait Judy. Celle-ci en avait bien besoin. Depuis son divorce, la bonne humeur qui l'avait toujours caractérisée avait disparu. A condition qu'elle ne la prenne pas au sérieux, la cour que lui ferait Eliot lui serait bénéfique.

A la fin du jour suivant, Kate reçut un coup de téléphone de Dick.

— Pouvez-vous dîner avec moi ce soir? lui demanda-t-il? Je dois vous parler...

Kate accepta. Elle devinait que Dick voulait l'entretenir du poste vacant de George. Après avoir confié les épreuves de ses articles à l'imprimerie, elle se rendit au bureau de son directeur. A cette heure tardive, les corridors étaient déserts mais Kate préférait les locaux du journal ainsi, plongés dans le silence. La porte du bureau de Dick se trouvait légèrement entrouverte et elle se préparait à frapper quand elle entendit prononcer son nom à l'intérieur.

— Kate ne sera pas très contente, disait Dick.

— Je le sais.

Elle reconnut la voix d'Eliot... Que faisaient-ils ensemble à cette heure-là?

— Lui auriez-vous donné le poste si je n'étais pas revenu des Etats-Unis? reprit Eliot.

— Probablement.

Kate se figea.

— C'est une excellente journaliste et elle a souvent remplacé George au pied levé, ces derniers mois...

continua Dick. Mais, puisque je dois choisir entre vous et elle, je vous donne bien évidemment la préférence.

— Quand lui annoncerez-vous la nouvelle ?

— Ce soir. Je l'ai invitée à dîner... J'ai pensé qu'il valait mieux la mettre au courant en dehors du journal, dans une atmosphère détendue...

Kate poussa la porte ouverte et entra. Les deux hommes se tournèrent vers elle, stupéfaits.

— Ne vous donnez pas la peine de m'inviter à dîner, lança-t-elle à l'adresse de Dick, j'ai tout entendu... Félicitations, Eliot. Bonsoir...

Une rage folle l'étouffait et elle voulait sortir du bureau de Dick avant d'exploser.

— Kate, s'écria Dick en se lançant à sa poursuite, un instant...

En une seconde, il fut à ses côtés et lui agrippa le bras pour l'empêcher de sortir.

— Eliot, demanda-t-il, pourriez-vous nous laisser seuls quelques minutes ?

Eliot les contourna en silence et ferma la porte derrière lui. Dick tourna ensuite la tête vers la jeune femme et la fixa durement.

— Kate, je sais que vous êtes déçue, commença-t-il. Vous seriez parfaitement capable de remplacer George mais Eliot a déposé sa candidature pour le même poste dès son retour d'Amérique et j'ai dû faire un choix... Il a plus d'expérience que vous. D'autre part, il est très connu dans le monde du journalisme et bénéficie de contacts et de relations très intéressants...

— Je comprends très bien, interrompit-elle.

Pas un muscle de son visage ne bougeait mais ses yeux bleus brillaient d'un éclat glacial.

— Non, vous ne comprenez rien, objecta Dick avec impatience en passant sa main dans ses cheveux. Eliot est un journaliste hors-pair. Il veut s'installer à Londres pour commencer à écrire un livre. Etant données ses compétences professionnelles, le nombre de postes que nous avons à lui offrir est limité... Et si nous ne lui donnons pas un travail ici, un autre quotidien nous le volera. Ce qui est hors de question...

— Je vous ai déjà dit que je comprenais parfaitement votre décision, insista Kate en hochant la tête.

Secouant son bras pour le libérer de l'étreinte de Dick, elle lui tourna le dos et posa sa main sur la poignée de la porte. Prévoyant son geste, Dick se glissa entre elle et le battant, l'empêchant de sortir.

— Ecoutez-moi, la pressa-t-il. Je sais que vous êtes furieuse, mais essayez de vous mettre à ma place... Je dois raisonner en tant que rédacteur en chef de ce journal.

Kate garda le silence. Elle savait que si elle prononçait le moindre mot, sa rage exploserait en un torrent d'imprécations. La tête baissée, les poings serrés, elle attendait de pouvoir sortir.

— Votre tour viendra, tenta-t-il de la réconforter, soyez patiente...

— Non ! cria-t-elle, relevant brusquement la tête. Au moins, épargnez-moi ce genre de promesses paternalistes, je n'en ai que faire... Eliot a gagné, voilà tout... N'en parlons plus... Puis-je sortir maintenant ?

— Pour l'amour du ciel ! s'écria Dick, de plus en plus nerveux, ne commencez pas à jouer les féministes. Eliot a été nommé au poste de George pour ses compétences professionnelles, et non parce qu'il est un homme !

— Vraiment ? Je n'en suis pas si sûre... N'avez-vous pas, il y a peu, refusé que je fasse une interview d'une femme récompensée par un prix scientifique, sous prétexte que ce sujet appartenait à la rubrique féminine ? Pour vous, les femmes sont inférieures, ne le niez pas ! Je n'aurais jamais dû postuler aux fonctions de George, n'est-ce pas ? Aussi longtemps que je tiens le département sur mes épaules, que j'effectue le travail de deux personnes, tout va bien. Mais quand il s'agit de me donner officiellement le poste de directrice, le problème devient délicat... Si un âne à trois pattes s'était présenté à ma place, vous lui auriez donné la préférence, pourvu qu'il appartienne au sexe masculin !

— Ne soyez pas stupide ! gronda Dick, exaspéré.

— Que voulez-vous, je suis une femme, ironisa Kate.

— Je ne le sais que trop ! rétorqua cyniquement Dick, rouge de colère. Inutile de vous faire entendre raison... Vous raisonnez en zigzag. Je croyais que vous possédiez un peu plus de bon sens, Kate. Mais il y a une seule manière de vous faire comprendre les choses, n'est-ce pas ?

Avant que Kate aie pu faire un geste, Dick l'avait poussée violemment contre la porte. Il la ceintura de ses deux bras et lui prit les lèvres avec rage, la blessant volontairement. Suffoquant, Kate comprit qu'il cherchait à l'humilier de la manière la plus odieuse. Elle se débattit, luttant contre la violente nausée qui l'envahissait. Quand, épuisée, elle abandonna enfin ses efforts désespérés pour le repousser, Dick la libéra. Haletante, elle le fixa d'un regard qui contenait toute la haine du monde. Puis, sans un mot, elle tourna les talons et ouvrit la porte pour sortir. Eliot attendait toujours dans le couloir. A l'expression gênée qu'il arborait, Kate comprit qu'il avait tout entendu de sa conversation avec Dick et deviné l'incident qui avait eu lieu dans le bureau avant qu'elle n'en sorte. Elle lui jeta un regard méprisant et passa devant lui sans lui adresser la parole. De retour dans son bureau, elle s'installa à la machine à écrire et rédigea rapidement sa lettre de démission. Après l'avoir signée, elle la mit dans une enveloppe et la laissa tomber dans le panier de la correspondance.

La porte s'ouvrit et, levant les yeux, Kate découvrit Eliot Holman. Son visage était sérieux et un peu plus pâle qu'à l'ordinaire. L'ignorant délibérément, la jeune femme se leva, contourna le bureau et se dirigea vers la porte. Eliot ne s'effaça pas pour la laisser passer.

— Je voudrais sortir, lui demanda-t-elle sèchement, les yeux baissés.

— J'ai à vous parler, répondit-il sans bouger.

— Je n'ai rien à vous dire, rétorqua-t-elle.

— Aucune importance, vous m'écouterez malgré tout, décida-t-il préremptoirement.

Kate essaya de le contourner pour parvenir à la porte mais il devina son intention et se glissa devant elle, lui barrant le passage. Il avait agit avec une telle rapidité que le front de Kate effleura son épaule. Elle remarqua qu'il était vêtu avec une élégance particulière ce jour-là, et n'eut pas de peine à en deviner la raison. Il s'était mis en frais pour l'entretien avec Dick. Le vainqueur retourne sur les lieux du crime pour inspecter la dépouille de sa victime, ironisa-t-elle amèrement en son for intérieur. Elle releva le menton d'un geste de défi et rencontra son regard dur. Ses yeux gris avaient pris des reflets bleu profond, presque violets. Il agrippa soudain son bras d'une poigne ferme et l'obligea, malgré ses protestations, à regagner le centre de la pièce.

— Ne me touchez pas! cria-t-elle. Pour qui vous prenez-vous?

Il saisit alors le menton de la jeune femme entre ses doigts et l'obligea à relever la tête avant d'examiner ses lèvres meurtries avec attention.

— Vous aurez la bouche gonflée, demain matin, la prévint-il nonchalamment.

— Et vous un œil au beurre noir si vous ne me lâchez pas immédiatement! cria-t-elle, rouge de colère et de honte.

Comment osait-il faire une allusion d'aussi mauvais goût à l'incident qui avait eu lieu dans le bureau de Dick? Sa calme arrogance la mettait hors d'elle. Sans la lâcher, il se pencha vers le panier de correspondance et y prit la lettre de démission.

— Remettez cette enveloppe à sa place ! ordonna Kate, essayant de la lui arracher des mains.

Feignant de n'avoir pas entendu son ordre, il cacha l'enveloppe derrière son dos et un sourire narquois détendit ses lèvres.

— Je crois deviner de quoi il s'agit, fit-il laconiquement.

— Cette lettre ne vous est pas adressée, donnez-la-moi ! siffla Kate, à bout de nerfs.

— Votre démission, n'est-ce pas ? suggéra-t-il sans se départir de son exaspérant sourire.

— Mêlez-vous de vos affaires !

— Donc, j'ai deviné juste, continua-t-il imperturbablement. Je commence à voir clair en vous...

— Mais bien sûr ! s'écria-t-elle avec amertume. Comment pourrait-il en être autrement ? Les femmes sont des livres ouverts pour votre perspicacité masculine...

— Vous êtes trop impulsive, Kate, déclara-t-il en déchirant tranquillement l'enveloppe en deux et la jetant dans le panier à papier.

— Comment vous permettez-vous, mais... Comment vous permettez-vous ? balbutia-t-elle, bégayant presque de fureur.

— Pourquoi donner votre démission avant d'avoir trouvé un autre emploi ? demanda-t-il calmement.

— Soyez sans crainte, j'en trouverai un !

— Je n'en doute pas.

— Vraiment ? Vous êtes trop indulgent ! Dois-je vous faire une révérence à présent ? ironisa-t-elle en lui décochant un regard meurtrier.

— N'oubliez pas que vous êtes liée au journal par un contrat. Il n'est pas si facile de démissionner... A moins que vous ne soyez prête à payer des dédommagements...

— Je le ferai, si besoin est !

— Vous êtes donc très riche, dans ce cas...

Ce sarcasme fit trembler Kate de rage impuissante. Elle n'avait que peu d'économies et ne pouvait pas vraiment se permettre de démissionner sans préavis mais elle aurait préféré mourir plutôt que de l'admettre devant Eliot.

— Auriez-vous l'amabilité de me laisser partir ?

— Il vous faudra m'y forcer, répondit-il lentement en l'observant d'un air de défi moqueur.

— Parfait ! fulmina-t-elle, les dents serrées. Je sais que vous êtes plus fort que moi et je ne me battrai pas avec vous. C'est ce que vous espériez, n'est-ce pas ? Vous voudriez me prouver par la force que je fais partie du sexe faible... Eh bien, allez-y ! J'espère que vous en tirerez satisfaction...

— J'en suis sûr, murmura-t-il en détaillant des pieds à la tête le corps tendu de Kate, un sourire amusé aux lèvres. Vous en valez la peine... Dick a dû beaucoup apprécier votre petite querelle...

Kate leva la main pour le gifler mais il immobilisa son bras d'une poigne ferme avant qu'elle ait pu l'atteindre. Il n'avait pas cessé de sourire. Lentement, il força Kate à baisser son bras et se serra contre elle. Déséquilibrée, elle dut s'appuyer contre son bureau qui se trouvait derrière elle.

— Allez-y, l'encouragea-t-elle sarcastiquement, le visage crispé de dégoût, prenez avantage de votre force.

Ainsi, les hommes auront voulu m'humilier deux fois en l'espace d'une heure, ajouta-t-elle avec amertume en son for intérieur. Eliot savait que Dick l'avait embrassée et il pensait maintenant avoir droit au même privilège. Et ces grossiers personnages prétendaient ne pas être misogynes ! A partir du moment où une femme contestait leur autorité, ils réagissaient instinctivement en leur imposant leur force physique supérieure... Ils voulaient dominer le monde et si une femme osait les défier, ils la forçaient à abandonner cette ambition par la violence. Toby, par exemple, avait été moins intelligent qu'elle mais il n'avait pas eu de peine à la soumettre, usant de ses muscles pour lui faire comprendre qu'il était le maître chez lui et qu'elle devait se comporter en esclave docile.

Les yeux gris d'Eliot observaient attentivement le visage décomposé de Kate, comme s'il devinait la révolte bouillonnant en elle.

— Pourquoi voudrais-je embrasser une mégère comme vous? demanda-t-il ironiquement. Il faudrait que j'aie désespérément besoin d'une femme pour m'y résoudre...

— Mon Dieu! J'en suis affligée! ironisa-t-elle.

— En effet, je l'ai remarqué... répliqua-t-il. Vous êtes vraiment transparente, Kate...

— Vous aussi!

— Vraiment? Vous devinez ce que je pense en ce moment?

— Oui, répondit-elle agressivement.

— J'en doute beaucoup...

Le ton supérieur dont il prononça ces derniers mots réveilla à nouveau la fureur de Kate. Elle haïssait cette manière arrogante de traiter une femme.

— Pour qui vous prenez-vous? lui jeta-t-elle au visage avec tout le mépris dont elle était capable. Pour Dieu le père?

Il la prit soudain par les épaules et la secoua de toutes ses forces.

— Assez! menaça-t-il. Ecoute-moi à présent. J'ai présenté ma candidature au poste de George avant même de vous avoir rencontrée. Je sais que vous vouliez cette promotion, mais je n'y peux rien. Il faut savoir perdre dans notre métier...

— Peut-être, mais les femmes ne gagneront jamais! protesta-t-elle avec amertume.

— Dick ne m'a pas choisi en fonction de mon sexe, insista Eliot.

Kate éclata d'un rire nerveux. Les mains d'Eliot se crispèrent instantanément sur ses épaules.

— En revanche, vous avez été avantagée par le vôtre... remarqua-t-il d'un air sybillin.

— Que voulez-vous dire ?

— Dick n'aurait jamais invité un homme au restaurant pour lui annoncer gentiment que sa candidature avait été refusée... Il lui aurait envoyé une lettre.

— Mais, naturellement, les femmes sont si fragiles, si émotives, n'est-ce pas ? Elles ne sont pas faites pour le dur monde du journalisme, etc. Dick a lui-même admis que j'étais capable d'occuper ce poste mais il vous l'a donné, en définitive...

— Je suis meilleur que vous, voilà tout, annonça-t-il sans ambages, et je n'allais pas m'effacer pour vous faire plaisir. Si vous ne pouvez vous résigner à perdre, de temps en temps, il vaut mieux changer de métier...

— Je peux accepter de perdre à cause de l'insuffisance de mes compétences, mais certainement pas à cause de mon sexe !

— Vous avez perdu à cause de vos compétences insuffisantes, répliqua Eliot d'un ton dur. Et n'essayez pas de vous convaincre du contraire ! J'ai dix ans d'expérience de plus que vous...

Kate baissa la tête et se mordit les lèvres jusqu'au sang. Après avoir pris une longue inspiration, elle demanda d'une voix blanche :

— Puis-je partir à présent ?

— Non. Je veux que vous me promettiez d'attendre la fin du contrat avant de considérer votre démission...

— Oh, je vois... répondit-elle vertement. Vous apprécieriez une assistante qui ferait tout le travail à votre place, durant trois mois, tandis que vous prendriez des pauses-déjeuner de trois heures...

— Vous voulez la guerre, n'est-ce pas ?

— Je ne veux rien du tout, sauf que vous me laissiez partir...

— Si vous partez en claquant la porte, vous allez acquérir la réputation d'une journaliste capricieuse et emportée, et il vous sera difficile de trouver un autre travail...

— Insinuez-vous que Dick me donnera de médiocres références ?

— Non, Dick est un homme juste, vous devriez le savoir mieux que personne... Il vous donnera d'excellentes références mais vous devrez toujours expliquer à vos employeurs éventuels pourquoi vous avez quitté le journal du jour au lendemain... Les rédacteurs en chef n'aiment pas ce genre de coup-de-tête. Il faut les comprendre. Pourquoi engageraient-ils des personnes si impulsives ?

Kate écoutait en silence, les yeux obstinément fixés sur le sol. Malgré sa répugnance à l'admettre, elle savait qu'il avait raison.

— Prenez votre temps, demandez différents rendez-vous, continua-t-il. Pourquoi risquer votre carrière pour une stupide question de susceptibilité ?

— Merci de vos conseils... murmura sarcastiquement Kate, sachant trop bien combien ces recommandations étaient sensées.

Il la lâcha enfin et elle se redressa, endolorie. Pendant quelques secondes, ils se fixèrent en silence, sur leurs gardes.

— Je sais que cela sera difficile, mais il vous faudra supporter ma présence jusqu'à ce que vous trouviez un autre emploi, la prévint Eliot.

Sans un mot, Kate lui tourna le dos et se dirigea vers la porte. Elle savait qu'il la suivait du regard, immobile, mais elle ne se retourna pas pour le saluer. En attendant l'ascenseur, elle ne put écarter de son esprit le souvenir de ces yeux gris la fixant d'un air spéculateur. Pourquoi Eliot la troublait-il ainsi ? Tant qu'il s'était montré à elle dans le rôle du don Juan, elle ne lui avait accordé aucune importance. Mais un lien nouveau s'était créé entre eux tandis qu'il la forçait à l'écouter, dans le bureau. Elle le voyait à présent avec d'autres yeux et cet incompréhensible changement l'inquiétait. Au cours des quatre dernières années, beaucoup d'hommes lui avaient fait des avances mais elle les avait repoussées rapidement, sans l'ombre d'un regret, pour ne les traiter qu'avec mépris ou indifférence. Eliot, lui, éveillait en elle, par sa seule présence, un trouble étrange dont elle ne comprenait pas la raison. Il menaçait la paix de la tour d'ivoire dans laquelle elle s'était volontairement enfermée.

De retour dans son appartement, elle mit un disque de jazz et s'allongea sur le canapé, mélancolique. Une demi-heure plus tard, le carillon de la porte d'entrée résonna, la faisant sursauter. Il devait s'agir d'Olivier, en quête d'argent. Soupirant, elle ouvrit la porte. Ses yeux s'arrondirent de surprise. Dick, et non Olivier, se tenait devant elle.

— Ne me frappez pas ! gémit-il comiquement en se cachant le visage derrière ses mains.

Kate le fixa d'un regard hostile.

— Que voulez-vous ? demanda-t-elle.

— M'excuser. Je me suis conduit de façon odieuse, je l'admets. Si vous le désirez, je peux vous demander pardon à genoux mais... En privé seulement.

— Vous croyez-vous drôle ? rétorqua-t-elle sévèrement.

— Non, à vrai dire... Je sais que mon comportement n'a pas relevé votre opinion des hommes. Je vous prie de m'en excuser...

Kate l'observa en silence pendant quelques instants, puis ouvrit complètement la porte.

— Entrez.

Dick la suivit dans la petite salle de séjour et s'approcha de l'électrophone.

— Vous aimez le jazz ? s'enquit-il, rompant le lourd silence qui s'était installé entre eux.

— Oui. Prendrez-vous une tasse de café ?

— Avec plaisir, merci.

Kate passa dans la cuisine et Dick la suivit.

— Me pardonnez-vous ? demanda-t-il, contrit.

— Je n'ai pas le choix, vous êtes mon supérieur hiérarchique, n'est-ce pas ? ironisa-t-elle.

— Donc, vous ne démissionnez pas...

— Qu'en pensez-vous ? le taquina-t-elle en se tournant vers lui.

— Je craignais que vous ne le fassiez, soupira-t-il. Nous ne voulons pas vous perdre, Kate... Un jour, vous aurez votre chance, n'en doutez pas.

Elle garda le silence et prépara deux tasses de café qu'elle posa sur un plateau.

— Laissez-moi vous aider, insista Dick en le lui prenant des mains avant de regagner la salle de séjour.

Ils s'installèrent côte à côte sur le canapé, écoutant la musique en silence.

— Je suis vraiment désolé, murmura Dick quelques instants plus tard. Je m'en suis terriblement voulu quand vous êtes sortie de mon bureau. J'ai des problèmes, en ce moment, Kate, et j'ai perdu mon sang-froid...

— Vous auriez mérité que je casse votre chaise sur votre tête, remarqua Kate d'un ton neutre.

Un sourire malicieux apparut sur les lèvres de Dick.

— Impossible... Vous êtes bien trop faible pour soulever une chaise...

Kate lui rendit son sourire mais elle ne fit aucun commentaire.

— Comprenez-vous pourquoi j'ai dû choisir Eliot ? continua-t-il avec sérieux. C'est un rédacteur hors-pair... Je respecte votre intelligence, Kate, mais vous n'êtes pas encore à son niveau. Eliot est très connu, très respecté et il bénéficie d'importantes relations. Travailler avec lui vous apportera beaucoup...

Kate avait suffisamment retrouvé ses esprits pour acquiescer d'un hochement de tête.

— Donc, vous resterez au journal? demanda à nouveau Dick.

— Oui.

— A la bonne heure! s'exclama-t-il, visiblement soulagé. Je craignais que vous ne m'adressiez plus jamais la parole.

— Vous l'auriez mérité...

— Pour avoir choisi Eliot? la taquina-t-il.

— Pour avoir pris avantage de ma fragilité féminine... rétorqua-t-elle sévèrement.

Dick soupira profondément.

— Je sais, je sais... Je ne peux que me confondre en excuses... Si vous cherchez à soulager votre colère, giflez-moi, je suis consentant...

— Oh, non, je pourrais y prendre goût...

— Moi aussi...

Un silence gêné s'installa entre eux. Kate baissa les yeux, rougissant malgré elle.

— Désolé, murmura Dick, je suis vraiment insupportable aujourd'hui...

— S'il ne s'agissait que d'aujourd'hui... rétorqua malicieusement Kate. Vous êtes misogyne trois cent soixante-cinq jours par an...

— Non, pitié!... s'exclama-t-il en riant. Je me rends, signons l'armistice!

Ils finirent leur café et Kate se leva pour changer de disque. Dick la suivit des yeux, pensif.

— Je vous préfère ainsi, en jean, remarqua-t-il. Vous semblez plus jeune, plus féminine... Et ne me traitez pas de misogyne pour cette remarque! Vous êtes une femme, que vous le vouliez ou non, et je suis obligé de le constater.

Kate lui adressa un sourire mi-figue, mi-raisin par-dessus son épaule avant de revenir s'asseoir à ses côtés.

— Dites-moi, Dick, commença-t-elle, quel genre de problèmes avez-vous en ce moment ?

— Judy, répondit-il brièvement, s'assombrissant instantanément. Nous nous querellons à chacune de nos rencontres. Elle me connaît bien et sait comment me blesser. Ce matin, nous en sommes presque venus aux mains...

Voilà pourquoi il a perdu son sang-froid avec moi, songea Kate, l'observant attentivement et remarquant les lignes amères qui soulignaient sa bouche.

— Mais... L'aimez-vous encore ? demanda-t-elle impulsivement, regrettant immédiatement cette indiscrétion.

— Oui, admit-il franchement.

— Pourquoi avez-vous divorcé, dans ce cas ? s'étonna Kate, incrédule.

— Posez cette question à Judy... Je n'en sais toujours rien. De toute évidence, elle a rencontré un autre homme mais je me demande de qui il peut bien s'agir... Tout allait bien entre nous jusqu'à ce fameux voyage aux Etats-Unis qu'elle a effectué l'année dernière. Les choses ont commencé à se détériorer à son retour, mais elle a toujours refusé de se confier à moi...

Le souvenir de Judy et d'Eliot au restaurant revint subitement à la mémoire de Kate.

— Pourquoi Judy est-elle partie aux Etats-Unis, l'an dernier ? s'enquit-elle.

— Un journal américain lui avait proposé un stage d'un mois. Six mois après son retour, nous avons divorcé... Ne me dites pas qu'il s'agit d'une coïncidence ! Si jamais je rencontre cet homme, je le tuerai !

Kate détourna les yeux. Avait-elle seulement deviné

une certaine tendresse entre Eliot et Judy ? Et si ses soupçons se révélaient justes, comment Dick réagirait-il quand il comprendrait que l'homme qui avait ruiné son mariage travaillait sous ses ordres ?

4

Eliot Holman prit ses fonctions quinze jours plus tard. Dick lui avait accordé deux semaines de vacances.

— Il avait besoin de repos, confia-t-il à Kate au cours de son absence. Je suis désolé de vous infliger un surcroît de travail... Mais vous y êtes habituée, n'est-ce pas ?

Kate ne répondit pas. Elle venait de découvrir une erreur comique d'imprimerie dans l'édition du jour. Elle la montra à Dick et celui-ci, se penchant sur le journal, effleura sa joue avec ses cheveux, peut-être par mégarde. Cependant, il ne s'excusa pas et quitta le bureau après avoir jeté un commentaire ironique sur le sens de l'humour des typographes. Kate le suivit d'un œil songeur. Elle aimait beaucoup Dick mais elle craignait maintenant que les confidences qu'ils avaient échangées ne le poussent à prendre des libertés avec elle.

Elle eut énormément de travail durant la semaine, et elle accepta avec plaisir une invitation à déjeuner de Dick, le vendredi précédant le retour d'Eliot. Ils se rendirent dans un restaurant grec proche des locaux du journal où ils expérimentèrent avec délices les mystères de la cuisine hellénique. A un moment donné, Kate leva les yeux et reconnut un groupe de journalistes installés à une table voisine. Ils lançaient des regards curieux sur elle et Dick. Elle songea avec résignation que tout le personnel serait au courant avant la fin de l'après-midi. Dick suivit la direction de son regard et lui adressa un clin d'œil complice.

— Je suis sûr qu'ils désireraient poser un magnétophone sous notre table ! plaisanta-t-il.

— Je vais avoir quelques problèmes avec Judy, remarqua laconiquement Kate.

— Pensez-vous ! Elle a d'autres chats à fouetter...

— Vous auriez peut-être dû l'inviter à ma place, suggéra Kate. Pourquoi n'essayez-vous pas d'améliorer la situation ?

— Je le ferai quand je pourrai me permettre l'acquisition d'un gilet pare-balles... expliqua sombrement Dick.

— Ce n'est quand même pas dramatique à ce point !

— Qu'en savez-vous ? rétorqua-t-il.

— Mais avez-vous au moins tenté une conciliation ?

— Je peux vous montrer les cicatrices que cela a laissé...

Kate songea que les problèmes conjugaux rendaient les personnes les plus sensées insensibles à la raison. Dick lui avait avoué qu'il aimait toujours Judy, cependant il ne faisait rien pour la reconquérir. Elle l'observa tandis qu'il se resservait d'un plat particulièrement délicieux. Il leva les yeux à ce moment-là et rencontra son regard pensif posé sur lui.

— Ne vous inquiétez pas pour moi, la rassura-t-il. Allons, souriez...

— Vous vouliez m'entretenir des projets d'Eliot pour notre rubrique, je crois, commença-t-elle, changeant docilement de sujet.

— C'est exact... Mais vous ne les approuverez peut-être pas...

— Je n'en serais pas étonnée... Ne me dites pas à présent qu'il veut transformer notre page en une rubrique masculine...

Dick éclata de rire et le groupe de journalistes à la table voisine se tourna vers lui, curieux.

— A vrai dire, continua Dick, je crois que je ferais mieux d'attendre le retour d'Eliot. Il vous expliquera tout lui-même...

— Pourquoi ? voulut savoir Kate, fronçant les sourcils. Projette-t-il une révolution ?

— Un peu de patience, Kate... Je ne veux pas me mêler du travail d'Eliot.

— Non, bien sûr, le taquina Kate, vous êtes bien trop délicat...

— Pitié, je vous en prie ! J'ai déjà supporté deux heures de réunion syndicale ce matin...

— Voilà pourquoi vous êtes si abattu... Et moi qui croyais que vous aviez fait des avances à Miss Wharton et qu'elle vous avait mis à terre d'un coup de poing !

Miss Wharton était la secrétaire particulière de Dick. Elle avait acquis une réputation de dragon au cours des années, et chacun chuchotait qu'aucun homme n'avait osé l'épouser car elle dirigeait son entourage comme un capitaine d'infanterie.

— Jamais je ne me permettrais, soupira-t-il comiquement. Je suis sûr que Miss Whatron dévore les hommes, rôtis à la broche, comme de petits cochons de lait...

— Bien fait pour eux ! commenta-t-elle ironiquement.

— Attention, Kate, la taquina-t-il. Vous pourriez bien vous retrouver à sa place dans vingt ans...

Cette remarque la vexa profondément. Elle décocha un regard furibond à Dick. A ce moment-là, la porte du restaurant s'ouvrit et, levant les yeux, Kate découvrit Judy et Eliot. Ils se dirigèrent vers une table libre, dans le fond de la salle. Judy ignora délibérément Kate et son ex-mari, mais Eliot leur adressa un bref signe de tête avant de s'asseoir. Dick se versa un verre de vin. L'expression de son visage était impénétrable. Mais ne risquait-il pas de deviner bientôt qui avait brisé son mariage ? Grâce à un miroir posé sur un mur du restaurant, Kate put discrètement observer Judy. Elle portait une robe verte qui flattait sa chevelure rousse. Elle avait perdu beaucoup de poids au cours des derniers mois, tout comme Dick. Pourquoi ces deux adultes intelligents agissaient-ils comme des enfants butés ? se demanda Kate. Elle était persuadée, instinctivement, qu'ils s'aimaient toujours. Judy tourna la tête vers eux à ce moment-là, et Kate y discerna, l'espace d'une seconde, une expression de profonde jalousie. Mais l'autre se retourna immédiatement vers Eliot et Kate reporta son attention sur son compagnon. Celui-ci buvait son vin à petites gorgées. A ses traits tirés, elle devina qu'il souffrait beaucoup.

— Kate, vous ai-je déjà dit que vous êtes ravissante, aujourd'hui ? fit-il soudain.

En d'autres circonstances, elle lui aurait décoché une remarque cinglante pour ce compliment si banal mais elle eut pitié de lui et lui sourit chaleureusement.

— Voulez-vous un dessert ? s'enquit-il ensuite.

— Non merci. Un café seulement.

Jusqu'à la fin du repas, ils parlèrent de sujets anodins, sans grande animation, car ils étaient tous deux intensément conscients de la présence de l'autre couple derrière eux. Dick régla ensuite l'addition et ils sortirent du restaurant.

— Eliot est un homme très séduisant, finalement, remarqua-t-il dans la rue.

Kate garda prudemment le silence.

— Qu'en pensez-vous ? insista-t-il.

— Ne me posez pas ce genre de question, Dick...

— Pourquoi ! Etes-vous immunisée contre le charme des hommes ?

— Vaccinée... précisa-t-elle amèrement.

— Quel genre de personne était votre mari ? demanda-t-il d'un ton confidentiel.

— Il me faudrait un jour entier pour vous énumérer toutes ses qualités... Et vous comprendriez immédiatement pourquoi je ne veux plus jamais me lier à un homme...

Dick émit un petit sifflement de surprise.

— Vous le haïssiez à ce point ?

— Toby était un égoïste, un imbécile et un sadique... Dans ses bons jours...

— Mais pourquoi l'avez-vous épousé ?

— J'avais dix huit ans et j'étais follement amoureuse de lui. Il m'a fallu six mois pour revenir à la réalité... Et je suis tombée directement du paradis à l'enfer...

— Je suis désolé... murmura doucement Dick en lui prenant amicalement le bras.

— J'ai eu de la chance, finalement, remarqua cyniquement Kate... S'il n'avait pas trouvé la mort dans cet accident, je vivrais peut-être toujours avec lui...

— Je me demande si Judy ne tient pas le même genre de raisonnement avec Holman, gronda sauvagement Dick.

Kate s'aperçut que, pour la première fois, Dick n'avait pas fait référence à Eliot par son prénom. Il commençait à se poser certaines questions, et, si l'on en jugeait par l'expression décomposée de ses traits, les réponses éventuelles ne devaient pas lui plaire.

Kate passa le week-end chez ses parents. Olivier avait invité son amie, Primrose, et la maison résonna bientôt d'une tonitruante musique rock.

— Mais pourquoi ne suis-je pas restée dans mon petit appartement, si calme ? se lamenta Kate, exaspérée par cette cacophonie.

Son père haussa les épaules d'un air résigné et se replongea dans la lecture de son journal.

— Crois-tu qu'il consentirait à sortir si je lui donne quelques billets de banque pour aller au cinéma ? proposa Kate.

— Tu es pire que ta mère, remarqua nonchalamment M. Marchant. Vous gâtez outrageusement Olivier.

— Comment ? s'exclama Kate, indignée.

A ce moment-là, la sonnerie du téléphone retentit dans le hall. Le père de Kate se leva pour aller répondre. Quelques instants plus tard, il réapparut à la porte du salon.

— Un appel pour toi, Kate, annonça-t-il.

— Pour moi ? De qui s'agit-il ?

— D'un homme. Il ne s'est pas présenté...

Les pensées de Kate allèrent immédiatement à Dick. Pourquoi voulait-il lui parler ? Les sourcils froncés, elle se dirigea vers le téléphone.

— Dick ? demanda-t-elle en saisissant l'écouteur.

— Non, répondit sèchement la voix grave d'Eliot.

— Oh... Bonjour, le salua Kate, déconcertée.

— Je désirerais vous parler... En tête à tête, reprit-il.

— Mais comment avez-vous obtenu le numéro de mes parents ?

— Je l'ai trouvé dans votre dossier, au bureau du personnel.

— Comment osez-vous consulter mon dossier ? s'exclama Kate, outragée.

— J'en ai le droit. Je suis votre patron, n'est-ce pas ? remarqua-t-il avec arrogance.

— J'aimerais l'oublier, riposta-t-elle vertement.

— Je n'en doute pas... Je voudrais vous parler mais en dehors du bureau. Où pourrions-nous nous rencontrer ?

— Nulle part. Nous parlerons au bureau, lundi.

— Non, refusa-t-il, buté. Puis-je venir vous chercher, maintenant ?

— Non ! Je suis occupée...

— Mais quel est ce vacarme ? s'enquit soudain Eliot.

— Ce vacarme s'appelle musique, répondit Kate avec hauteur.

— Quel mauvais goût vous possédez en la matière...

A ce moment-là, Olivier traversa le hall.

— Qui est-ce ? chuchota-t-il. Ton nouveau patron ?

Kate acquiesça d'un signe de tête et, avant qu'elle n'ait pu l'arrêter, Olivier lui avait arraché l'écouteur des mains.

— Prenez garde ! menaça-t-il d'une voix de baryton. Elle m'appartient... Malheur à qui touchera à un seul de ses cheveux !

Puis, tout aussi soudainement, il rendit le récepteur à Kate et s'éloigna, un sourire satisfait sur les lèvres.

— Allô ? fit-elle, luttant contre un fou rire nerveux.

— Mais... Qui était cette personne ? demanda Eliot.

— Mon amant, répondit Kate d'une voix sucrée. Il est très jaloux, aussi vaut-il mieux pour vous que nous finissions cette conversation... Au revoir.

Avant de couper abruptement la communication, elle eut le temps d'entendre les protestations offensées d'Eliot, ce qui la mit de fort bonne humeur. Elle partit ensuite à la recherche d'Olivier.

— Olivier, le réprimanda-t-elle quand elle l'eut trouvé, ne recommence plus jamais ce genre de plaisanterie...

— Mais pourquoi ? protesta-t-il, visiblement fort content de son petit tour.

— Parce que... Quel âge as-tu donc ? Sept ans ou dix-sept ans ?

Le jeune homme haussa les épaules d'un air faussement accablé et regagna sa chambre.

— Olivier est vraiment insupportable, remarqua Kate en rejoignant son père au salon.

— A qui le dis-tu ! Mais qu'y puis-je ? Ta mère le gâte outrageusement...

Soupirant, il chaussa ses lunettes et se replongea dans la lecture de son journal. Désœuvrée, Kate passa dans la cuisine où sa mère s'activait à confectionner une pâtisserie.

— Que prépares-tu ? lui demanda-t-elle.

— Des meringues. C'est le dessert favori d'Olivier.

— Si Olivier aimait la chair humaine, tu assassinerais quelques personnes dans la rue pour lui faire plaisir, n'est-ce pas ? la taquina Kate.

— Kate, serais-tu jalouse ? s'étonna Mme Marchant, offensée.

— Pas le moins du monde ! Mais il prend vraiment trop de libertés... Il y a quelques instants, il s'est conduit très impoliment avec mon patron, au téléphone...

— Vraiment ? releva distraitement Mme Marchant tout en continuant à fouetter les blancs d'œufs.

— Maman ! As-tu entendu ce que je t'ai dit ?

— Bien sûr. Olivier est un vilain petit garçon.

— Tu devrais être plus sévère, voyons. Par exemple, en exigeant qu'il baisse cette horrible musique.

— Entendu.

— Les voisins vont se plaindre...

— Ils l'ont déjà fait. J'ai conseillé à Olivier de mettre l'électrophone en sourdine.

— Et qu'a-t-il répondu ?

— Il me l'a promis.

Kate prêta l'oreille. La musique n'avait certainement pas diminué d'intensité...

— Maman, soupira-t-elle, es-tu sourde ?

— Passe-moi le sucre en poudre, s'il te plaît.

Kate s'exécuta puis sortit de la cuisine. Inutile de tenter de raisonner sa mère quand il s'agissait d'Olivier... D'un pas décidé, elle se dirigea vers la chambre de son jeune frère et entra sans frapper. Elle enjamba le corps d'Olivier, étendu sur la moquette et baissa le volume de l'électrophone.

— Mais... Que fais-tu ? protesta-t-il.

— Je ne veux pas devenir sourde si jeune, répliqua sévèrement Kate avant de sortir.

Elle regagna ensuite le rez-de-chaussée et s'installa dans le jardin, derrière la maison. La pelouse venait d'être tondue et l'air embaumait d'une bonne odeur d'herbe coupée qui se mêlait à celle des fleurs des plates-bandes. Tentée par la fraîcheur du tapis vert, Kate s'y allongea et soupira de bien-être. Le soleil brillait dans un ciel sans nuages et la chaleur la fit bientôt glisser dans une douce torpeur. Une abeille bourdonnait autour de sa tête et elle la chassa d'un geste indolent. Quelques minutes plus tard, elle dormait profondément. Un chatouillement obstiné, sur sa joue, la réveilla peu à peu. Elle secoua la tête pour chasser l'insecte importun mais le chatouillement reprit dès qu'elle s'immobilisa. Elle ouvrit lentement les yeux, encore aveuglée par les brumes du sommeil, et découvrit, à quelques centimètres d'elle, le regard clair d'Eliot Holman. Sa tête blonde s'inclina lentement vers elle et, avant qu'elle n'ait pu réagir, il lui prit délicatement les lèvres pour un long baiser, à la fois sensuel et tendre. Kate revint soudain à la réalité et une folle panique la saisit. Elle repoussa brutalement Eliot et se redressa.

— Non, laissez-moi... balbutia-t-elle d'une voix rauque de terreur.

Eliot observait le visage décomposé de Kate d'un regard impénétrable.

— Que voulez-vous ? demanda-t-elle après avoir pris une longue inspiration pour calmer les battements affolés de son cœur.

— Quel supplice me feriez-vous subir si je vous le disais ? s'enquit nonchalamment Eliot.

— Gardez vos remarques, supposées spirituelles, pour les autres femmes, riposta-t-elle, sentant sa peur s'évanouir et la colère prendre sa place.

— Vous préférez la technique de l'homme des cavernes, n'est-ce pas ? railla-t-il.

— Pardon ?

— Dick a vite compris, lui, quel genre de femme vous êtes... reprit sarcastiquement Eliot. Peut-être m'apprécierez-vous davantage si je vous rudoyais...

— Essayez ! le défia-t-elle, les dents serrées.

— Non merci, refusa-t-il avec désinvolture en quittant sa veste et en s'asseyant confortablement aux côtés de Kate. Je n'aime pas la violence...

— Dick non plus !

— Je vois que vous prenez chaleureusement sa défense...

Exaspérée, elle se mordit les lèvres, luttant contre le désir de le gifler à toute volée.

— Pourquoi désiriez-vous me parler ? s'enquit-elle d'une voix neutre.

— Je projette de grandes transformations pour notre rubrique. Si je vous avais mise au courant au bureau, lundi, nous aurions sans doute eu une querelle de premier ordre, devant Mary. Elle est très gentille mais très bavarde...

— Dick m'a en effet confié que vous vouliez effectuer certains changements...

— Vous a-t-il donné d'autres précisions ?

— Non.

Eliot garda le silence quelques instants, fixant Kate d'un air calculateur.

— Dites-moi, demanda-t-il soudain, auriez-vous par hasard une aventure avec Dick ?

Le visage de Kate se crispa instantanément et ses yeux prirent un reflet de glace.

— Si cela était vrai, riposta-t-elle, croyez bien que je ne l'admettrais jamais. De quoi vous mêlez-vous ?

— Je connais Dick depuis longtemps. Il ne vous aurait jamais embrassée s'il n'existait pas entre vous deux un rapport profond, ou du moins, intime...

Kate ne répondit pas. Elle ne pouvait détacher ses yeux des traits fermes d'Eliot. Ses cheveux blonds brillaient au soleil et ses prunelles avaient pris à présent une couleur bleutée. On ne pouvait absolument pas nier son intelligence, songea-t-elle. Elle l'avait d'abord pris pour un de ces séducteurs puérils, préoccupés avant tout de conquêtes féminines, mais elle reconnaissait s'être trompée. Les nouveaux aspects de son caractère qu'elle découvrait ne lui plaisaient en rien mais elle devait admettre que sa présence la troublait.

— Alors ? l'interrogea-t-il.

— Pourquoi parlerais-je de mes rapports avec Dick ? En quoi vous concernent-ils ?

Il fronça les sourcils.

— Savez-vous au moins que vous n'êtes pas la première ? demanda-t-il d'une façon sibylline.

— Pardon ? s'exclama Kate, les yeux ronds de surprise.

— Vous l'ignoriez ? reprit-il avec hauteur. Vous croyiez qu'il s'agissait du grand amour ?

— Mais... de quoi parlez-vous ?

— De Dick Conroy et de... ses aventures féminines... Bien sûr, si cela ne vous gêne pas de n'être qu'un nom sur une longue liste, cela ne concerne que vous après tout...

Kate brossa d'une main distraite quelques brins d'herbes sur ses jambes. Elle regretta immédiatement son geste car il avait attiré l'attention d'Eliot sur ses jambes dénudées puisqu'elle était en short.

— Insinuez-vous que Dick a toujours eu des aventures extra-conjugales ? s'enquit-elle.

— Une au moins, à ma connaissance... Et je suis sûr qu'il ne s'agissait pas d'une exception, d'une aventure passagère...

— En êtes-vous certain ? insista Kate, les sourcils froncés.

— Absolument. Je connais la personne dont il s'agit...

Il se tourna vers Kate et la détailla d'un regard à la fois moqueur et méprisant.

— Aurais-je par hasard détruit un beau rêve ?

Elle le défia du regard.

— Je n'en crois rien, décida-t-elle.

Dick lui avait toujours donné à penser qu'il aimait encore Judy et qu'il ne s'intéressait à aucune autre femme. Mais n'avait-elle pas eu tort de le croire ? Lui aurait-il confié un secret de ce genre, sachant qu'elle connaissait bien son ex-épouse ? En fait, Judy elle-même ne lui avait jamais expliqué les vraies raisons de ce divorce... Elle avait seulement eu la version de Dick.

— Je ne peux rien prouver, reprit sèchement Eliot, mais je le répète je suis sûr et certain que Dick a souvent trompé Judy par le passé...

— Et pourquoi vous croirais-je ?

— Mais vous êtes vraiment éprise de lui ! s'exclama Eliot. Depuis combien de temps entretenez-vous avec lui ces rapports extra-professionnels ? Est-ce ainsi que vous avez obtenu votre emploi ? Cela ne m'étonnerait pas...

Ulcérée, Kate gifla Eliot à toute volée. Après quelques secondes de stupéfaction, il émit un sourd grognement de rage. Kate tenta de se lever mais il fut plus rapide qu'elle et la renversa sur l'herbe, clouant ses épaules à terre de ses mains crispées. Il lui prit les lèvres sans ménagement et l'embrassa sauvagement. Kate se débattit avec la force du désespoir, tentant de détourner la tête, mais il l'obligea à s'immobiliser en lui serrant le cou entre ses doigts.

— Cela vous plaît ? gronda-t-il. Vous me comprenez à présent ?

Kate ferma les yeux. Le cauchemar recommençait... Une fois de plus, un homme la brutalisait, cherchant à l'humilier, à imposer sa volonté par la violence... Elle aurait souhaité mourir. Des larmes coulèrent sous ses paupières closes et Eliot, les sentant, se redressa pour l'observer. Kate en profita pour le repousser et se lever. Elle voulut courir vers la maison mais une horrible vague de nausée la submergea et elle tomba à genoux sur l'herbe fraîche, pantelante, les oreilles bourdonnantes. Des sanglots convulsifs lui déchiraient la gorge. Quand son malaise diminua, elle se releva et se tourna vers Eliot, mortellement pâle.

— Partez d'ici... ordonna-t-elle d'une voix blanche.

Eliot fixait obstinément le sol. Il releva la tête et ouvrit la bouche pour parler mais, voyant le visage décomposé de Kate, il se ravisa et passa devant elle sans mot dire. La jeune femme regagna l'intérieur de la maison d'un pas mal assuré. Elle tremblait de tous ses membres. En traversant le hall, elle rencontra son père.

— Kate ! s'exclama-t-il. Mais que se passe-t-il ? Tu es pâle comme la mort !

— Je me suis endormie au soleil... Peut-être ai-je pris une légère insolation, mentit-elle.

Pourquoi aurait-elle avoué la vérité à son père ? Depuis son mariage avec Toby, elle s'était habituée à mentir pour ne pas inquiéter ses parents. Quand elle avait essayé de leur confier ses problèmes conjugaux, ils l'avaient traitée comme une enfant capricieuse et, de ce jour, elle s'était jurée de ne plus jamais leur parler de sa vie privée...

— Quelle imprudence, Kate ! la réprimanda doucement M. Marchant en l'aidant à gravir les escaliers qui menaient au premier étage. Le soleil peut être très dangereux, je te l'ai souvent dit.

— Oh, la vie est pleine de risques... plaisanta-t-elle amèrement.

Surpris par la tristesse de sa voix, son père fronça les sourcils.

— Que se passe-t-il, Kate ?

Ne recevant pas de réponse, il soupira et reprit :

— A propos, j'ai vu ton nouveau patron... Il n'est pas resté bien longtemps...

— Non, en effet, répondit-elle d'une voix neutre.

Bien trop longtemps, ajouta-t-elle en son for intérieur, chassant de son esprit le souvenir du visage d'Eliot. Penser à lui suffisait à éveiller en elle de violentes vagues de nausée. Le docteur Marchant aida Kate à s'allonger sur son lit avant de lui prendre le poul.

— Ma pauvre petite, tu es bien mal en point, soupira-t-il en la couvrant d'un kilt de laine. Essaie de dormir... Et la prochaine fois, ne t'endors pas au soleil. Que cela te serve de leçon...

— Sois sans crainte, je serai plus prudente à l'avenir, répondit ironiquement Kate en lui adressant un sourire crispé.

Après son départ, elle se recroquevilla sur elle-même, agitée d'incontrôlables frissons. Elle essaya désespérément de mettre un peu d'ordre dans la confusion de ses pensées mais elle ne cessait de revivre l'incident qui s'était déroulé dans le jardin et tout son être se révoltait à ce souvenir. Pourquoi les circonstances l'avaient-elle obligée à se replonger dans ce cauchemar, déjà vécu par le passé ? L'humiliation, la brutalité, n'avaient-elles donc jamais de fin ? Elle savait à présent quel genre d'homme était Eliot. Elle avait deviné en lui une subtile satisfaction à la dominer par la force, à la voir impuissante, vaincue... Elle le haïssait de toute son âme et son seul souvenir la faisait bouillir d'une terrible rage. Judy était-elle amoureuse de lui ? Si tel était le cas, Kate la plaignait sincèrement. Elle se remémora soudain l'expression menaçante de Dick quand il lui avait parlé de l'inconnu responsable de son divorce. Pourvu qu'il découvre vite que cet inconnu se nommait Eliot Holman.

Malgré elle, Kate se rappela soudain de la voix rauque d'Eliot quand il avait prononcé, d'un ton triomphant : « Cela vous plaît-il ? » Elle mit instinctivement ses mains devant ses paupières closes pour chasser cet horrible souvenir mais les paroles de cet odieux personnage continuèrent à résonner à ses oreilles, comme un lancinant et sinistre refrain. Comment pourrait-elle supporter de travailler avec lui ? Comment pourrait-elle, le lundi suivant, lui dissimuler le dégoût qu'il lui inspirait ?

5

— Bonjour. Quelle belle journée, n'est-ce pas ? la salua gaiement Mary quand Kate entra dans le bureau, le lundi matin.

Kate répondit brièvement au salut de Mary puis s'installa à sa table de travail. Eliot n'était heureusement pas encore arrivé. Elle avait à sa disposition un peu de temps pour se préparer à l'affronter. Le téléphone intérieur grésilla et Kate dut écouter les lamentation d'un journaliste, furieux d'avoir trouvé son article écourté avant la publication. Tandis qu'elle essayait de faire entendre raison à cet homme susceptible, Eliot fit son apparition. Il la salua d'un bref signe de tête et se dirigea vers son bureau. Kate le vit bientôt, du coin de l'œil, vider les tiroirs des papiers accumulés par George. La corbeille se remplit à une vitesse ahurissante.

Quand Mary, vers dix heures, quitta le bureau pour la pause-café, Eliot sortit enfin de l'hostile silence dans lequel il s'était enfermé. Il se tourna vers Kate et la fixa d'un regard mal assuré.

— Je veux vous présenter mes excuses, commença-t-il.

— Je préfère ne pas parler de cet... incident, si vous n'y voyez pas d'inconvénients... l'interrompit Kate d'une voix inexpressive.

— Je n'ai pas l'intention d'en parler, rétorqua Eliot, mais, puisque nous devons travailler ensemble, mieux vaut que certaines choses soient claires. Sachez que je regrette beaucoup la manière dont je me suis comporté...

— Fort bien, vous vous êtes excusé... Passons à un autre sujet, coupa Kate d'un ton sans réplique.

Eliot se leva et alla se poster devant la fenêtre, les mains croisées derrière le dos.

— Je vais vous mettre au courant de mes projets, l'informa-t-il.

— Entendu, accepta-t-elle avec indifférence, tout en corrigeant un article.

— Ecoutez-moi ! ordonna-t-il, furieux.

— Mais je vous écoute, riposta-t-elle vertement.

— Vous ne pouvez faire deux choses à la fois !

— Et pourquoi pas ?

Il exhala un long soupir exaspéré.

— Ne commençons pas à nous quereller... Je pourrais devenir violent... la prévint-il.

— Ce ne serait pas la première fois !

Elle regretta immédiatement cette remarque impulsive. Elle tenait moins que personne à évoquer à nouveau ce fâcheux samedi après-midi... Pourquoi ne réussissait-elle pas mieux à se contrôler ?

Les yeux baissés, elle entendit Eliot jurer à voix basse. Ce genre de langage grossier était fort commun au journal, où la tension nerveuse mettait le calme de chacun à rude épreuve, mais il indiquait chez Eliot une dangereuse colère. Elle tourna son fauteuil vers lui et croisa ses mains sur ses genoux, telle une sage écolière.

— Je vous écoute... l'informa-t-elle, feignant le plus profond respect.

Il garda le silence pendant quelques instants, puis commença, d'une voix tendue :

— Je projette la création d'une page internationale, une fois par mois. Nous présenterons chaque fois un pays différent, étudiant les aspects politiques, économiques et sociaux...

— Le département « Etranger » va s'y opposer, le prévint Kate.

— Je m'en moque ! Dick m'a donné carte blanche...

Mais Dick refuse de me laisser empiéter sur le terrain de la rubrique féminine... ajouta Kate en son for intérieur, révoltée par cette injustice.

— Nous financerons ces projets par la publicité, continua Eliot. Les agences de voyages, les banques, etc., passeront volontiers des annonces dans notre page.

Il n'y avait rien à objecter. Devant l'argument de la publicité payante, le service comptabilité du journal applaudirait de tout cœur.

— Ensuite ? s'informa Kate, résignée.

— Je vais augmenter la proportion d'articles d'actualité...

Kate releva brusquement la tête et le fixa. Le regard de celui-ci ne trahit aucune gêne. Savait-il qu'elle avait suggéré la même chose à Dick, quelques semaines auparavant ? Si tel était le cas, il n'en laissait rien paraître.

— Avez-vous des objections ? demanda-t-il.

— Non, répondit-elle du tac au tac. Vous êtes le maître à bord... Mon avis ne compte pas.

A ce moment-là, le téléphone sonna et Kate décrocha pour prendre la communication.

— Kate ?

— Bonjour, dit-elle, reconnaissant la voix de Dick.

Elle sentait le regard attentif et curieux d'Eliot posé sur elle. Avait-il deviné qu'elle parlait à Dick ?

— Quelle voix bizarre vous avez, continua Dick. Eliot est dans le bureau.

— Oui.

— Ah, Ah ! La guerre est-elle déjà déclarée ? Il me semble entendre des flèches siffler dans l'air !

— Non, rien de grave. Une mise au point préliminaire...

— Gardez votre calme, Kate ! A propos, je voudrais vous inviter à l'Opéra... Etes-vous libre demain soir ?

— Eh bien... balbutia-t-elle, embarrassée.

La situation était délicate. Elle avait par deux fois accepté des invitations de Dick à déjeuner, mais pour des motifs de travail. Une soirée à l'Opéra ne pouvait être excusée pour des raisons professionnelles...

— Acceptez, je vous ne prie, insista Dick. J'ai d'abord voulu inviter Judy, suivant votre conseil, mais elle a refusé... Elle est déjà invitée demain soir...

Cette franche explication soulagea Kate. Elle pouvait à présent donner une réponse positive à Dick, sans pour autant éprouver de scrupules vis-à-vis de Judy.

— Entendu, accepta-t-elle. Où nous retrouverons-nous ?

— Dans mon bureau, demain soir. Si aucun problème de dernière minute ne se présente, nous pourrons également dîner ensemble... Je vous attendrai vers six heures. Demandez à Eliot de porter lui-même les épreuves à l'imprimerie.

— D'accord, je le lui demanderai. Au revoir.

— Que devez-vous me demander ? questionna agressivement Eliot quand elle eut raccroché.

— Dick voudrait savoir si vous acceptez de porter les épreuves à l'imprimerie, demain soir, transmit Kate, rougissant malgré elle.

— Pourquoi ? s'emporta-t-il, un mauvais sourire aux lèvres. Est-il permis de le savoir ?

— Posez cette question à Dick... répliqua-t-elle.

Eliot saisit soudain un agenda de cuir sur son bureau et le lança de toutes ses forces contre un mur. Négligeant de le ramasser, il reprit ensuite son poste favori, devant la fenêtre.

— Profitons-en pour répartir les corvées, déclara-t-il sèchement. Nous resterons tour à tour après la fermeture des bureaux pour corriger les épreuves et les porter aux typographes. Le dimanche soir, nous viendrons également à tour de rôle. Cela vous convient-il ?

— Oui, merci. Vous êtes très gentil... répondit-elle sincèrement.

Elle savait pertinemment que les chefs de service ne se chargeaient pas d'habitude des corvées réservées aux assistants.

— Assez de sarcasmes, l'interrompit-il avec impatience.

— Mais... Je suis sincère, protesta-t-elle. Vous êtes très généreux de partager les corvées avec moi. Je pourrai enfin partir à six heures, un soir sur deux. Croyez bien que j'apprécierai ce changement...

— Je n'en doute pas... Dick aussi, d'ailleurs, finit-il méchamment.

Kate ouvrait la bouche pour lui lancer une cinglante réplique quand Mary entra, portant deux tasses de café qu'elle offrit tour à tour à Kate, puis à Eliot. Kate remarqua qu'il avait droit à une vraie soucoupe. Il remercia Mary de son plus beau sourire et celle-ci battit langoureusement des cils, fascinée. Jusqu'à la fin de la matinée, elle ne cessa plus de l'entourer de toutes les attentions possibles, bourdonnant autour de lui comme une abeille charmée par un certain parfum.

— N'est-il pas merveilleux? confia-t-elle à Kate, quand Eliot partit déjeuner.

— Absolument... N'allez-vous donc pas manger aujourd'hui, Mary ?

Mary jeta un coup d'œil à sa montre et s'échappa en courant. Après son départ, la jeune femme se plongea dans son travail et s'y absorba tant et si bien qu'elle fut surprise de voir Eliot rentrer dans le bureau, une heure plus tard. Elle se demanda combien de temps cette louable ponctualité durerait...

— N'êtes-vous pas sortie manger? s'enquit-il, surpris.

— Non.

— Et pourquoi donc? Vous concourez pour la médaille de la conscience professionnelle?

— Non, pour vous impressionner... susurra Kate en soulignant ses paroles d'un sourire mi-figue, mi-raisin.

A ce moment-là, Roger, le rédacteur de la rubrique littéraire, passa sa tête par l'entrebâillement de la porte.

— Bonjour, fit-il à l'adresse de Kate. Je suis venu quémander un peu d'espace, ma petite Kate. Vous me rendrez bien ce service, n'est-ce pas?

Elle prit une longue inspiration, se préparant à une chaude bataille. Roger essayait régulièrement de lui soutirer quelques centimètres carrés sur sa page pour faire paraître un de ses articles. Elle ouvrait la bouche pour refuser quand Eliot se leva de son bureau et s'avança vers Roger.

— Oh... Bonjour, Eliot, le salua celui-ci, un peu surpris. Félicitations pour votre nouveau poste de directeur...

Il se rappela soudain que Kate avait d'abord postulé pour le même poste et lui jeta un regard gêné. Eliot le remercia courtoisement et passa ensuite directement à la question de l'espace supplémentaire. En moins de trois minutes, il réussit à faire entendre raison à Roger, sans pour cela offenser la nature susceptible de ce dernier. Kate ne put qu'admirer cette magistrale leçon de diplomatie. Il fit tant et si bien, alliant la fermeté à quelques flatteries judicieusement choisies que George sortit quelques minutes plus tard de leur bureau, souriant et nullement irrité par son échec.

— Bravo... le félicita-t-elle, impressionnée malgré elle.

— Pourquoi céderions-nous? l'interrompit Eliot avec impatience, haussant les épaules. A propos, je veux réorganiser la présentation de notre page. Pourriez-vous demander au directeur artistique et à un typographe de venir ici, vendredi ?

— Entendu, je les convoquerai, opina Kate en écrivant quelques mots sur son agenda de bureau.

— Une autre chose, reprit Eliot. Pourquoi n'achèterions-nous pas une cafetière électrique ? Je refuse de boire l'infâme jus de chaussettes qu'offre le distributeur automatique ! En Amérique, le café est toujours exquis, même dans un distributeur...

— Vraiment ?

— Oui. Etes-vous déjà allée aux Etats-Unis ?

— Non.

— Il faudra le faire, absolument. Si les agences de voyages nous offrent des billets d'avions gratuits contre de la publicité, je vous y enverrai pour le compte du journal...

Les yeux de Kate se mirent à briller. Elle adorait voyager mais n'en avait pas eu souvent l'occasion.

— Mais... objecta-t-elle timidement, ne préféreriez-vous pas y aller vous-même ?

— Non, je viens de passer cinq ans en Amérique et je n'y ai plus grand-chose à découvrir. A propos, nous effectuerons notre premier voyage d'étude pour la page internationale ensemble. Je veux vous montrer d'une façon pratique la manière de travailler à l'étranger.

Kate l'observa avec méfiance. Etait-il vraiment si important de faire ce premier voyage ensemble ?

— Je n'ai pas encore choisi par quel pays nous commencerons, continua impertubablement Eliot, mais nous devrions partir avant la fin du mois...

— Avez-vous demandé l'accord de Dick pour ces voyages ? s'inquiéta-t-elle.

— Non, mais il m'a laissé carte blanche... répondit fermement Eliot.

Kate comprit que si Dick n'approuvait pas ces projets, il devrait opposer à Eliot une lutte acharnée.

Ce dernier était au moins aussi têtu que lui et l'issue de la bataille resterait jusqu'à l'ultime moment incertaine.

— Quel genre de livre êtes-vous en train d'écrire ? s'enquit soudain Kate, curieuse.

— Une étude de la politique américaine depuis la fin de la guerre du Viêt-nam.

— Quel programme ! ne put-elle s'empêcher de railler.

Les yeux d'Eliot prirent immédiatement ce reflet bleu-acier qui trahissait chez lui la colère.

— Quelle langue de vipère... commenta-t-il avant de se rasseoir à son bureau.

Kate essaya de se replonger dans son travail, mais son esprit vagabondait. Eliot était un séducteur-né, peut-être même un don Juan, mais on ne pouvait nier sa brillante intelligence. Et le rôle qu'il avait joué dans le divorce de Judy et de Dick n'en était que plus difficile à excuser. Malgré toute sa finesse d'esprit, il ne répugnait pas à détruire un foyer auparavant heureux.

Durant cette semaine-là, Kate observa attentivement son patron. Elle découvrit de nouveaux aspects de sa personnalité. Il possédait une énorme capacité de travail, un instinct sûr et une manière à la fois ferme et diplomatique de traiter avec ses collègues. Mais Kate savait que, sous ses dehors courtois, se dissimulait une violence soigneusement contrôlée dans la vie quotidienne. N'en avait-elle pas eu la preuve ce fameux samedi, dans le jardin de ses parents ? Cependant, les hommes ne possédaient-ils pas tous, sans exception, ce subtil goût de la sauvagerie, au fond d'eux-mêmes ?

Kate n'assistait plus aux conférences de rédaction, aussi n'avait-elle plus l'occasion d'observer Eliot et Dick en présence l'un de l'autre. Mais elle devinait que leurs rapports se détérioraient rapidement. Elle en eut la confirmation le soir où elle se rendit à l'Opéra. Dick semblait plus tendu que jamais. Deux lignes profondes barraient son front et sa bouche avait pris un pli amer. Avant d'assister à la représentation, ils se rendirent dans un petit restaurant italien pour dîner.

— Comment vont les choses avec Holman ? demanda-t-il vers la fin du repas.

— Hum... Nous avons signé un accord tacite...

— Avez-vous vu Judy, récemment ? s'enquit-il quelques minutes plus tard.

— Non, pas depuis la semaine dernière...

Kate n'eut aucune difficulté à établir un lien entre les deux questions... Il voulait savoir, d'une manière détournée, si Judy allait souvent rendre visite à Eliot dans son bureau. Comprenant que Kate s'en tiendrait à la plus rigoureuse discrétion, Dick changea de sujet.

— Que pensez-vous vraiment d'Eliot Holman ? interrogea Dick quand il raccompagna Kate chez elle, après la représentation.

— C'est un journaliste hors pair, comme vous l'aviez affirmé...

— Voyons, Kate ! Je ne parle pas de ses compétences professionnelles...

— Dans ce cas, que voulez-vous savoir ?

— Vous le devinez fort bien... J'ai essayé de tirer les choses au clair avec Judy, mais elle esquive mes questions...

Et il frappa d'un poing rageur le volant de la voiture. Kate l'avait souvent vu en colère, mais jamais encore cette lueur meurtrière ne s'était allumée dans ses yeux hagards.

— Tout dépend de la manière dont vous avez interrogé Judy, fit-elle remarquer.

Dick lui décocha un regard plein de rancune.

— Vous êtes au courant, n'est-ce pas ?

— De quoi donc ?

— Ne jouez pas à l'innocente !

— Mais je ne vois absolument pas où vous désirez en venir…

— Bien, bien, je n'insiste pas… Mais si mes soupçons se confirment, je vous jure que je le tuerai ! Judy et lui se connaissent depuis longtemps…

— A qui faites-vous allusion ?

— Allons, Kate, un peu d'honnêteté… Je fais référence à Eliot Holman…

— Comment se sont-ils connus ?

— Avant notre mariage, Judy travaillait dans un journal de province où Eliot exerçait les fonctions de reporter-junior. Elle m'avait d'ailleurs dit, à l'époque, qu'Eliot faisait des ravages parmi le personnel féminin…

— Je vous crois sans peine… Mary s'évanouit presque d'émotion dès qu'il lui sourit !

— Et vous ?

— Moi ? Non… N'oubliez pas que j'ai une certaine réputation à protéger…

— Quelle réputation ?

— Celle d'une veuve inconsolable…

— Ah, en effet… Une douzaine de personnes m'ont déjà confié confidentiellement que votre cœur était brisé !

— Et ils n'ont pas tort… commenta Kate à voix basse.

— Pauvre Kate… murmura Dick après quelques instants de silence.

— Pour l'amour du ciel, ne dramatisons pas la situation ! se révolta-t-elle tout à coup. Je ne suis pas malheureuse… La vie est faite d'autres choses que de rapports sentimentaux…

Comprenant que Kate se mettrait véritablement en colère s'il insistait, Dick changea rapidement de sujet…

Quelques jours plus tard, Kate partageait sa table à la cantine du journal avec le rédacteur de la rubrique sportive. Celui-ci lui raconta par le menu les prises de bec qui opposaient journellement Eliot et Dick.

— Les conférences de rédaction deviennent de vrais matchs de boxe ! conclut-il. C'est étrange d'ailleurs... Je les prenais pour de vieux amis...

Tout en parlant, il observait Kate du coin de l'œil. Sans doute attendait-il qu'elle lui en dise plus long, particulièrement sur les rapports qui unissaient Judy à Eliot. Le journal entier s'interrogeait fiévreusement sur l'exacte nature de ces rapports, y cherchant l'explication de l'attitude agressive de Dick envers Eliot.

— Vous connaissez Dick, commença prudemment Kate. Il met toujours à l'épreuve les nouveaux venus...

— Oui, peut-être avez-vous raison... répondit le rédacteur, visiblement déçu par cette discrétion.

En sortant de la cantine, Kate croisa Judy. Celle-ci détourna la tête, ignorant volontairement son salut, et s'éloigna. Profondément blessée par cette subite froideur, Kate s'interrogea. Eliot avait-il révélé à Judy que Dick venait souvent la voir dans leur bureau ? Il trouvait toujours un prétexte valable pour ces visites, mais elles embarrassaient intensément Kate car, en ces occasions, il n'adressait jamais la parole à Eliot et conversait exclusivement avec elle, à voix basse et confidentielle. La situation devenait délicate. Kate ne voulait surtout pas se laisser entraîner dans cette guerre conjugale. Après la soirée à l'Opéra, elle avait refusé toutes les invitations de Dick, comprenant qu'il essayait de l'utiliser, peut-être inconsciemment, pour rendre Judy jalouse. Apparemment, il y avait déjà réussi... Kate estimait beaucoup Judy et ne voulait pas perdre son amitié pour un grossier malentendu. Mais elle ne pouvait l'affronter pour lui expliquer qu'elle ne s'intéressait en aucune manière à son ex-mari, car Judy, malheureuse et tendue comme elle l'était depuis plusieurs mois, ne manquerait pas de s'offenser de cette franchise. Elle aimait encore Dick, Kate en était sûre, et s'efforçait, de son côté, de le provoquer en se montrant avec Eliot Holman, sans se rendre compte que cette attitude ne ferait que miner la situation...

En entrant dans son bureau, Kate surprit Eliot assis sur la table de Mary, dictant une lettre. A la fin de chaque phrase dictée, Mary relevait la tête et le fixait intensément, fascinée. Un sourire ironique apparut sur les lèvres de Kate et Eliot, rencontrant son regard, fronça les sourcils. Kate en fut intérieurement ravie : elle sentait Eliot gêné, malgré lui, de s'être laissé surprendre dans la situation classique du directeur charmant la secrétaire éprise...

En fin d'après-midi, après le départ de Mary, Kate prépara les épreuves à porter à l'imprimerie. Eliot ne montra aucune hâte à partir et elle comprit qu'il désirait lui parler.

— Kate, commença-t-il quelques instants plus tard, j'ai fixé la date de notre premier voyage à l'étranger. Nous visiterons la France, cette fois-ci. Nous couvrirons quatre villes : Paris, Bordeaux, Lyon et Marseille, pour acquérir une vue à la fois précise et générale de la situation, en quatre jours. J'ai déjà contacté mes relations en France pour obtenir des rendez-vous...

— Mais qui s'occupera du bureau durant notre absence ? s'inquiéta-t-elle.

— Roger, le directeur de la rubrique littéraire. En fait, nous partirons le vendredi soir. Roger n'aura donc à nous remplacer que pendant deux jours.

— Dick a-t-il donné son accord ?

— Oui, mais avec réticence... Il ne voulait pas vous laisser partir avec moi. Je lui ai démontré qu'il me fallait vous former à ce genre de reportages pour que vous puissiez les effectuer seule, la prochaine fois...

— Dick répugne sans doute à l'idée de laisser notre département aux mains d'un autre rédacteur, même pour deux jours...

— J'en doute... objecta Eliot d'un ton plein de sous-entendus. Selon moi, il est jaloux...

— Pourquoi le serait-il ? riposta-t-elle, sentant le rouge de la colère lui monter aux joues.

— Ne jouez pas à l'innocente, l'interrompit Eliot avec hauteur. J'ai toujours conservé de très bons rapports avec Dick jusqu'au jour où j'ai commencé à travailler avec vous, dans ce bureau... A présent, il semble vouloir m'étrangler dès que j'ouvre la bouche.

— Vous vous méprenez peut-être sur les raisons de cette hostilité... fit remarquer Kate.

— Certainement pas ! Je reconnais la jalousie chez un homme au premier regard. Il me surveille attentivement... Vous devriez le rassurer sur mes intentions, Kate... A moins que vous n'appréciiez les jeux de la coquetterie...

— Je n'y suis pour rien si Dick vous déteste !

— Vraiment ? Lui avez-vous conté ce qui s'est passé quand je suis venu vous voir chez vos parents ?

— Non ! siffla-t-elle, tremblante de rage.

Eliot enfonça ses mains dans ses poches et lui tourna le dos.

— Je n'aurais jamais cru pouvoir provoquer un tel dégoût chez une femme, murmura-t-il.

— Le soleil a provoqué mon malaise, protesta-t-elle d'une voix mal assurée. Je n'y suis pas habituée et je n'aurais pas dû m'endormir sur l'herbe...

Il éclata d'un rire amer.

— Me prenez-vous pour un imbécile ? Vous me haïssez, voilà tout... Mais Dick doit être au courant de cet incident... Autrement, pourquoi semble-t-il prêt à me sauter dessus dès que je me trouve en sa présence ?

— Vous n'êtes donc pas capable de deviner pourquoi ? se moqua-t-elle.

Eliot lui fit face, les sourcils froncés.

— Si, je viens de vous l'expliquer !

— Eh bien, vous vous êtes trompé ! Faites un peu travailler votre cervelle !

— Que voulez-vous insinuer ?

— Le nom de Judy vous rappelle-t-il quelque chose ? Vous savez bien... L'ex-femme de Dick...

— Judy ? répéta Eliot, incrédule.

— Ne jouez pas la comédie ! s'emporta-t-elle. Je dois reconnaître que vous feriez un très bon acteur... Peut-être vous êtes-vous trompé de profession !

Il se dirigea vers la fenêtre et croisa ses mains derrière son dos, tendu.

— Donc, Dick croit que je fais la cour à Judy, reprit-il après quelques instants de silence. Et vous, qu'en pensez-vous ? continua-t-il en se tournant vers elle.

— Je ne suis pas payée pour enquêter sur la vie privée de mes collègues, répliqua-t-elle. Mais...

— Mais... reprit-il. Allons, mettez vos cartes sur la table !

— Mais je croyais qu'elle avait meilleur goût... conclut-elle, le défiant du regard.

— Vous êtes trop aimable ! rétorqua-t-il, sarcastique. Vous devriez être contente... Judy étant écartée, vous pouvez sans problème vous consacrer à Dick... Jusqu'à ce qu'il se lasse de vous, bien entendu... finit-il méchamment.

— Si je me trouvais à votre place, je me méfierais de Dick Conroy, le prévint Kate. Un de ces jours, vous risquez d'être admis d'urgence à l'hôpital, souffrant de multiples contusions...

— Merci du conseil... Et pour quand prévoyez-vous ce fameux règlement de comptes ?

— D'un jour à l'autre... Il est inutile de sourire ainsi... Je n'aimerais pas m'appeler Eliot Holman quand Dick perdra patiente...

Il s'approcha du bureau et s'y appuya des deux mains, fixant la jeune femme d'un regard dur.

— Vous me détestez, n'est-ce pas ? Avouez-le... Je

parie que vous applaudirez de toutes vos forces si Dick m'assomme un jour...

— Exact !

— M'en voulez-vous toujours de vous avoir « volé » votre promotion ? Tant pis pour vous... Etant une amie intime du rédacteur en chef, vous pensiez remplacer immédiatement George... Mais Dick vous a joué un vilain tour. Quel dommage... Vous trahir ainsi après tout ce que vous avez fait pour lui...

Kate saisit sa boîte à crayons et la lança à la tête d'Eliot. Celui-ci esquiva le projectile et les crayons s'éparpillèrent à grand fracas sur le sol. Les yeux étrécis, il contourna le bureau d'un pas décidé.

En quelques secondes, il l'avait obligée à se lever et, l'enlaçant brutalement, il lui prit avec sauvagerie les lèvres pour lui imposer un baiser dénué de toute douceur. Reprenant ses esprits, Kate lutta de toutes ses forces pour lui échapper. Soudain, Eliot se redressa, le visage congestionné, et, sans prononcer un mot, se dirigea vers la porte qu'il claqua derrière lui.

6

Ce dernier incident détériora irrémédiablement les rapports d'Eliot et de Kate. De ce jour, l'atmosphère du bureau se chargea d'électricité. Mary, déconcertée, suivait d'un regard incrédule les querelles incessantes qui agitaient chaque heure de la journée. Kate était dotée d'une nature coléreuse et d'une langue acérée. Ses collègues le savaient depuis longtemps et évitaient par prudence de la heurter. Mais Eliot ne fit pas preuve d'une telle diplomatie. Il se lança avec détermination dans cette guerre. Grâce à Mary, tout le journal fut bientôt au courant de ce duel. Mais personne n'en savait la vraie raison. On prenait leur inimitié pour une jalousie professionnelle. En réalité, elle n'en tenait plus rancune à Eliot. En peu de temps, elle avait reconnu ses qualités en toute honnêteté, et elle n'était pas la seule. Cependant, grâce aux potins de l'heure du déjeuner, à la cantine, elle savait que Dick saisissait toujours la moindre occasion pour provoquer Eliot.

Un après-midi, Kate se rendait au bureau du personnel quand elle vit Judy en sortir. Elle lui sourit, espérant échanger quelques mots avec elle mais celle-ci la fixa d'un regard indifférent et s'éloigna en silence. Cette froideur hostile blessa Kate comme une gifle. Humiliée, elle se mordit les lèvres. Les racontars du journal mettaient plusieurs semaines à s'éteindre et

Judy croyait sans doute encore que Kate et Dick se rencontraient à l'extérieur, en dehors des heures de travail, ce qui était faux. Mais comment la détromper?

Déprimée, Kate regagna son bureau. Mary et Eliot riaient de bon cœur, sans doute à une plaisanterie de ce dernier. Ils reprirent leur sérieux dès qu'elle entra et Mary s'empressa de se replonger dans son travail. Kate s'installa à sa table après avoir décoché un regard glacial à Eliot et ils n'échangèrent plus un mot de l'après-midi. A six heures, Mary se leva et partit, suivie peu après d'Eliot. Kate continua à travailler dans l'apaisant silence du bureau désert. Une migraine tenace la tourmentait. Depuis le matin, des frissons fiévreux la secouaient. Elle s'irritait de ces malaises bizarres, elle qui ne souffrait jamais d'aucune maladie.

— Kate, puis-je vous inviter à dîner, ce soir?

Elle sursauta violemment et leva les yeux. Dick se tenait devant elle, souriant. Comprenant enfin sa question, elle réfléchit rapidement.

— Dick, commença-t-elle, je ne...

A ce moment-là, la porte s'ouvrit et Eliot entra dans le bureau. Il s'immobilisa instantanément en découvrant Dick. Les deux hommes s'affrontèrent du regard, en silence.

— Kate, je vous attendrai dans mon bureau, fit enfin Dick avant de sortir rapidement.

Elle se pencha sur ses papiers, consciente du regard hostile d'Eliot posé sur elle. A sa grande irritation, elle sentit ses joues s'enflammer. Elle n'avait pourtant rien à se reprocher vis-à-vis de Judy...

— Laissez ce travail, ordonna soudain Eliot. Vous ne devez surtout pas faire attendre Dick...

— C'est à moi de porter les épreuves à l'imprimerie, aujourd'hui, remarqua Kate, continuant obstinément à promener son crayon noir parmi les colonnes.

Eliot le lui arracha soudain des mains.

— Rendez-le-moi! cria-t-elle, furieuse.

— Prenez votre veste et partez !

— Non ! Vous porterez les épreuves à l'imprimerie demain, quand ce sera votre tour !

— Pour l'amour du ciel, devons-nous vraiment nous disputer sur chaque petit détail ?

— Je n'ai pas commencé cette dispute !

— Non, bien sûr ! ironisa-t-il. Ce n'est jamais votre faute. Vous êtes toute douceur et compréhension ! Et ne me regardez pas ainsi, j'aurai le visage marqué de brûlures demain matin !

Kate tenta de récupérer son crayon mais les doigts d'Eliot se refermèrent autour de son poignet et elle sentit sa gorge se serrer d'appréhension. Elle leva les yeux vers lui, craintive. S'il continuait à la regarder ainsi, elle allait s'évanouir. Déjà, un puissant malaise l'envahissait. Le sang se retira lentement de son visage. La voyant pâlir, Eliot lâcha instantanément sa main.

— Soyez sans crainte, gronda-t-il, je ne vous toucherai pas...

Luttant pour garder conscience, Kate enfouit sa tête dans ses bras croisés sur son bureau, le souffle court. Ses lisses cheveux noirs avaient glissé sur ses yeux, l'empêchant de voir Eliot, mais elle devinait qu'il l'observait avec attention. Elle maudit sa soudaine faiblesse, honteuse de s'être laissé aller devant lui, et pria pour qu'il sorte du bureau. Mais, quelques instants plus tard, Kate tremblait toujours de tous ses membres et Eliot n'avait pas bougé.

— Vous n'êtes pas en état de sortir dîner, ce soir, remarqua-t-il. Rentrez chez vous... Voulez-vous que je demande à Dick de vous accompagner ?

Kate se redressa lentement et secoua négativement la tête.

— Non, refusa-t-elle d'une voix blanche. Je me sens mieux à présent...

Elle mentait. Son malaise s'accentuait de seconde en seconde. Eliot le devina sans peine.

— A vous voir, on jurerait du contraire, commenta-t-il avec impatience. Je vous fais vraiment horreur, n'est-ce pas ? S'agit-il d'une allergie ? J'espère bien que non... Je n'aimerais pas avoir la réputation de faire évanouir les femmes de dégoût...

La porte s'ouvrit et Judy fit son apparition dans l'embrasure. Voyant Kate, elle voulut ressortir mais Eliot l'arrêta d'un geste.

— Entre, Judy, la pressa-t-il. Je t'invite à voir une de mes victimes... Penses-tu que cette jeune personne soit capable d'aller dîner avec un homme, ce soir ?

Les joues de Kate s'empourprèrent violemment. Elle accabla silencieusement Eliot d'injures pour cette sournoise et injuste remarque mais n'osa pas regarder Judy.

— Tout dépend de l'homme, entendit-elle Judy lancer sèchement. Eliot, je voudrais te parler en privé...

— Je dois partir, intervint précipitamment Kate en se levant.

Elle comprit alors avec horreur que ses jambes ne la soutenaient plus. Le bureau tournait à une affolante vitesse autour d'elle. Je dois être malade, songea-t-elle distraitement.

— Asseyez-vous ! ordonna Eliot en la poussant fort peu galamment dans son fauteuil.

Incapable de prononcer un mot, elle ne put que le fusiller du regard pour cette brutale autorité.

— Je te rejoins dans un instant, fit Eliot à l'adresse de Judy.

Judy sortit sans avoir accordé un regard à Kate. Eliot saisit ensuite le téléphone intérieur et composa rapidement un numéro.

— Kate ne viendra pas dîner avec vous ce soir, annonça-t-il d'un ton sans réplique à son interlocuteur. Au revoir.

Il coupa brusquement la communication et se tourna vers la jeune femme :

— Ne bougez pas, ordonna-t-il. Je vais vous raccompagner chez vous après avoir corrigé les épreuves.

— Mais... articula péniblement Kate, voulant protester.

— Taisez-vous, l'interrompit-il. Vous êtes malade, il suffit de voir votre visage pour le deviner. Attendez-moi ici, je reviens dans un instant.

Il sortit du bureau et Kate l'entendit échanger quelques mots avec Judy, dans le corridor. Elle se pencha sur ses papiers et essaya de lire, mais les caractères dansaient devant ses yeux. Je dois avoir contracté un virus, peut-être celui de la grippe, songea-t-elle, se rappelant que plusieurs personnes dans l'immeuble en avaient été victimes. Eliot rentra à nouveau dans le bureau et lui prit les épreuves des mains avant de s'installer à sa table pour les corriger. Kate admira la vitesse avec laquelle il travaillait. Quelques minutes plus tard seulement, il déposait les épreuves dans le panier de la correspondance et se dirigeait vers elle. D'un mouvement souple, il la prit dans ses bras et la souleva de son fauteuil, la portant comme une enfant. Elle laissa aller sa tête contre son torse musclé, sentant à travers la mince étoffe de sa chemise bleue, les battements sourds de son cœur. Les murs tournaient toujours devant elle comme un carrousel fou, aussi s'empressa-t-elle de fermer les yeux.

— Que diable se passe-t-il? entendit-elle soudain Dick s'exclamer.

Kate entrouvrit les paupières et aperçut Dick dans l'embrasure de la porte. Mais les contours de son visage restaient flous, lointains. Il semblait agité d'un mouvement de balancier si comique que Kate se mit à rire. Je suis malade, songea-t-elle gaiement, comme c'est étrange...

Dick fondit soudain sur eux, vif comme l'éclair, et cria à l'adresse d'Eliot :

— Lâchez-la!

Eliot s'exécuta et laissa glisser Kate dans son fauteuil.

— Kate est malade... commença-t-il.

— Malade ? rugit l'autre. Eh bien, je suis malade, moi aussi, de vous voir flirter avec ma femme...

— Ne parlons pas de Judy, coupa Eliot. Il s'agit de Kate maintenant...

— Laissez-la en paix, elle aussi. Et ôtez vos mains d'elle !

— Il vous faudra m'y forcer, rétorqua Eliot, menaçant.

— Volontiers ! répliqua Dick.

Et soudain l'hostilité qui les opposait éclata, faisant briller leurs prunelles d'une colère haineuse. Déjà, leurs poings se serraient.

— Non, Dick... gémit Kate, essayant de se redresser.

Sa faible protestation attira l'attention des deux hommes. Ils tournèrent la tête vers elle mais elle les vit un peu comme à travers un mur d'eau. Dick s'agenouilla à côté de son fauteuil et lui caressa légèrement le front de ses doigts frais.

— Laissez-la, ordonna sèchement Eliot. Judy va revenir d'un moment à l'autre. Je lui ai demandé de m'aider à raccompagner Kate chez elle. Je ne veux pas qu'elle vous voie ici...

— Vraiment ? railla Dick. Peut-être ma seule présence dégoûte-t-elle Judy, mais elle n'aura qu'à serrer les dents et supporter l'épreuve. Je reste ici !

— Imbécile, l'injuria Eliot. Elle a déjà assez souffert de votre aventure avec elle. Ayez au moins la délicatesse de ne pas vous montrer devant elle dans cette posture ! Relevez-vous !

— Mon aventure avec Kate ? répéta Dick, abasourdi. Vous plaisantez, Holman ! Si je décidais d'avoir une aventure, Kate serait bien la dernière femme que je choisirais !

Charmant ! pensa Kate en son for intérieur, un peu vexée. Elle entendait parfaitement bien la conversation mais un brouillard épais l'empêchait de voir son entourage. Eliot recommençait à parler maintenant.

— Assez de mensonges, Dick ! disait-il. Tout le journal est au courant !

— Dans ce cas, ils connaissent bien mal Kate ! rétorqua Dick. Elle serait la dernière à se lier à un homme. Elle ne peut supporter qu'ils la touchent...

— Que voulez-vous dire ? s'étonna Eliot à voix basse, après quelques instants de silence.

— Son mari était un odieux personnage, sans scrupule ni honneur. Elle s'évanouirait si un homme tentait de la prendre dans ses bras à nouveau...

Kate se crispa instantanément et voulut intervenir mais les mots refusaient de sortir de sa gorge. Dick devait pourtant se taire ! Comment se permettait-il de répéter les confidences qu'elle lui avait faites sous le sceau du secret ? Eliot ne devait jamais rien savoir du traumatisme qu'elle avait subi par le passé. Il n'en avait pas le droit...

— Pas le droit... balbutia-t-elle péniblement.

— Au moins, ne me dites pas que vous ne l'avez jamais embrassée, argumenta Eliot. Vous rappelez-vous ce fameux jour où j'ai attendu dans le couloir, devant votre bureau ? Je n'ai rien vu, mais j'ai tout deviné, sans grande peine d'ailleurs...

Dick jura à voix basse.

— N'essayez pas de nier ! reprit Eliot.

— Non, je l'admets. J'étais à bout de nerfs et Kate m'a fait perdre mon sang-froid... Je m'en veux beaucoup, d'ailleurs. Rien ne pouvait plus l'humilier... Vous auriez dû voir son visage...

— Je l'ai vu... répondit pensivement Eliot. Elle était horriblement pâle mais je la croyais simplement en colère...

Kate essayait toujours de réunir assez d'énergie pour

se lever et mettre fin à cette conversation. Elle ne pouvait plus supporter d'entendre ses réactions, ses attitudes, passées au microscope par les deux hommes. La croyaient-ils sourde ?

— De quoi souffre-t-elle ? demanda soudain Dick. Il faudrait appeler le docteur...

— Judy est allée chercher l'infirmière du journal. Je me demande pourquoi elle n'est pas encore revenue...

— Grippe... dit soudain Kate à voix haute, fort satisfaite d'avoir retrouvé l'usage de la parole.

— Comment ? Qu'avez-vous dit, Kate ? demanda Dick.

Il se pencha vers elle et lui effleura le front d'une main légère.

— Non... articula Kate avec difficulté, voulant lui interdire de parler plus longuement d'elle à Eliot.

— Vous voyez, fit Dick en se redressant et en se tournant vers Eliot. Elle ne supporte pas le moindre contact, on dirait un hérisson...

— Je croyais que son attitude me concernait seulement, murmura Eliot. Je pensais lui inspirer du dégoût...

— Non, elle déteste les hommes en général... Il faut la comprendre...

— A mon arrivée au journal, on m'a informé qu'elle ne pouvait oublier son mari...

— C'est faux, mais elle n'a jamais démenti ces bruits de couloir. Il tient les hommes à distance...

— Son mari devait vraiment être un répugnant personnage, remarqua Eliot d'une voix pleine de compassion.

— En effet, acquiesça Dick. Et elle est si menue, si fragile...

— Humm... Elle ne pèse peut-être pas bien lourd, mais elle ne manque pas de ressources ! objecta Eliot en riant. Ce bureau devient une arène de corrida quand elle est de mauvaise humeur! Langue effilée comme un rasoir et regards meurtriers...

— C'est sa manière de se protéger, conclut Dick.

Kate ne les écoutait plus. Elle glissait peu à peu dans un profond sommeil. Un tapotement sur l'épaule la réveilla peu après.

— Il doit s'agir d'une grippe, disait une voix féminine. L'immeuble est en proie à une véritable épidémie...

— Comment te sens-tu, Kate? demanda soudain Judy, toute proche.

— Judy... murmura-t-elle.

— Oui?

— Pas vrai...

— Ne dis rien, détends-toi, la pressa Judy d'une voix douce.

Kate se sentit soudain soulevée de son fauteuil par deux bras musclés. Elle ouvrit lentement les yeux. Au-dessus de sa tête défilaient régulièrement des lampes au néon. Plus proche, une tache blanche et ovale se penchait sur elle. Kate reconnut peu à peu le visage d'Eliot.

— Où... Où allons-nous? articula-t-elle faiblement.

— Chez vous. Je vais vous raccompagner avec Judy.

Il parlait d'une voix calme et indifférente. Kate fronça les sourcils, essayant de se concentrer. Mais un étau enserrait ses tempes et elle y renonça, se laissant glisser dans une semi-inconscience.

Elle se réveilla au cours de la nuit et reconnut le décor familier de sa chambre. Une soif atroce la torturait. Elle tendit le bras vers la table de nuit, voulant allumer la lampe de chevet et un objet tomba à terre. Aussitôt, la porte s'ouvrit et Judy fit son apparition.

— Judy? s'étonna Kate. Que fais-tu ici?

— Je suis restée pour m'assurer que tout allait bien,

répondit-elle en s'avançant vers le lit et en ramassant le réveil tombé à terre. As-tu besoin de quelque chose ?

— Oui. D'un verre d'eau. Je meurs de soif...

— Cela ne m'étonne pas !

Quelques instants plus tard, Kate buvait à grandes gorgées une délicieuse eau fraîche. Elle tendit le verre vide à Judy et la remercia.

— Penses-tu pouvoir dormir encore ? demanda celle-ci.

— Oui, certainement. Judy... Merci de m'avoir veillée.

— Ce n'est rien.

— Mais qui s'occupe de Kevin ?

— Dick.

Kate se laissa aller contre ses oreillers et sourit. Tout allait peut-être s'arranger entre Dick et Judy à présent...

Quand elle s'éveilla à nouveau, le soleil entrait à flot dans sa chambre. La fièvre la tourmentait toujours, rendant ses draps et sa chemise de nuit inconfortables. Judy venait régulièrement lui offrir un verre d'eau et l'aider à se changer.

— Tu es très gentille, la remercia Kate.

— Ce n'est rien, je t'assure. J'attends la même assistance de toi quand je serai malade... Comment te sens-tu ?

— Bien.

— Menteuse !

— Non, je vais beaucoup mieux...

La fièvre lui accordait un peu de répit et Kate pouvait à présent penser et raisonner sans difficultés. Elle s'installa confortablement contre ses oreillers, hésita quelques secondes, puis commença :

— Judy... Il n'y a rien entre Dick et moi...

— Je le sais. Eliot me l'a dit, répondit-elle en souriant brièvement.

Kate se demanda si Eliot lui avait relaté la totalité de

ce qu'il savait à présent sur elle. Au souvenir de la conversation qu'avaient tenue les deux hommes en sa présence, la veille au soir, elle rougit d'embarras. Comment pourrait-elle affronter la pitié qu'elle lirait sans doute dans ses yeux? Soupirant d'irritation, elle chassa ces désagréables pensées et se tourna à nouveau vers Judy.

— Judy... Dick t'aime encore, lui confia-t-elle franchement.

— Vraiment? railla l'autre, s'assombrissant instantanément. Dans ce cas, il a vraiment une manière bizarre de me prouver son amour...

— Je t'assure qu'il t'aime encore, insista Kate, peinée de voir les lèvres de son amie se serrer en une ligne mince et amère.

— Un instant, Kate, l'interrompit Judy. Sais-tu pourquoi j'ai cru si aisément à une aventure entre toi et Dick? Parce qu'il m'a déjà trompée par le passé... Aussi, ne me dis pas qu'il m'aime. Si cela était vrai, il ne s'intéresserait pas aux autres femmes...

— Mais... As-tu des preuves? objecta Kate, sceptique.

Elle ne réussissait pas à imaginer Dick comme un don Juan, mais il dissimulait peut-être habilement son jeu. Tous les hommes étaient-ils donc des menteurs-nés?

— Oui, j'ai des preuves, renchérit tristement Judy. Durant mon séjour aux Etats-Unis, Eliot avait organisé une fête en mon honneur. J'y ai retrouvé Patricia Hare, une ex-secrétaire de Dick. Vers la fin de la soirée, ayant beaucoup bu, elle m'a avoué que Dick et elle avaient eu une longue aventure et qu'elle avait finalement décidé de s'installer en Amérique pour y mettre fin. Patricia n'était ni la première, ni la dernière, selon moi...

— Que t'a répondu Dick quand tu lui en as parlé? s'enquit Kate, les sourcils froncés.

— Je ne lui ai pas soufflé mot de ma découverte, avoua Judy en se levant et en commençant à arpenter nerveusement la chambre. D'après ce que Patricia m'a confié, Dick tente sa chance avec chacune de ses secrétaires, et cela depuis des années...

— Judy, je n'en crois rien! protesta Kate. Réfléchis : tu travailles au journal. Si Dick s'accordait des aventures, tu t'en serais aperçu...

— L'épouse est toujours la dernière à découvrir le pot aux roses, objecta ironiquement Judy. Kate, Patricia est une ravissante jeune fille blonde de vingt-trois ans... Et j'en ai trente-six...

Kate l'observa attentivement.

— Tu t'attendais depuis longtemps à découvrir une histoire de ce genre, n'est-ce pas?

— Oui, admit Judy. Dick a toujours eu beaucoup de succès auprès des femmes. Quand je l'ai rencontré, une dizaine au moins voulaient absolument l'épouser...

— Mais tu es, toi aussi, très séduisante. Eliot semble te trouver irrésistible...

— Non, Kate, nous ne sommes que de vieux amis, nia Judy en souriant.

— Peut-être regrette-t-il de n'être qu'un ami...

— Serais-tu jalouse? se moqua-t-elle.

— Moi? s'exclama Kate, rougissant violemment. Certainement pas! Je ne peux supporter sa vue!

— Bien, bien, je me suis trompée. Je te laisse à présent. Tu dois être fatiguée...

Kate s'endormit presque immédiatement après le départ de Judy. Elle se réveilla six heures plus tard, affamée. Avec d'infinies précautions, elle se glissa hors de son lit et fit quelques pas. Ses jambes vacillaient encore mais lui permirent d'aller dans la salle de bains pour se rafraîchir. Judy entra dans la chambre alors qu'elle regagnait son lit.

— Que fais-tu debout? s'inquiéta-t-elle.

— Je vérifie le bon fonctionnement de mes jambes, plaisanta Kate.

— Oh, je vois... Désires-tu manger?

— Oui ! Je meurs de faim...

— Bien, je vais te préparer une omelette.

Quelques instants plus tard, Judy posait devant son amie une assiette emplie d'une superbe omelette.

— Dick regrette beaucoup tes talents de cuisinière, fit remarquer Kate. Il m'a confié ne plus pouvoir supporter la vue d'une boîte de conserve...

— Vraiment ? Ne m'en dis pas plus, je suis prête à pleurer, ironisa Judy.

— Ecoute, parle-lui. Donne-lui une chance de s'expliquer...

— Pourquoi ? Je ne lui pardonnerai jamais... Nous aurions pu rester amis s'il m'avait tout avoué. Mais il a préféré mentir, jouer la comédie ; il a ainsi transformé notre mariage en une sinistre farce ! Je croyais qu'il m'aimait, je lui faisais confiance... A présent, tout est fini.

Sur ces mots, Judy se leva et quitta la chambre, claquant la porte derrière elle. Consternée, Kate la suivit des yeux. Elle comprenait la colère, l'humiliation de Judy mais elle ne pouvait croire que Dick soit un homme léger. Tout dans son attitude, depuis qu'elle le connaissait, prouvait le contraire. Bien sûr, il l'avait embrassée, ce fameux jour, mais son acte avait été dicté par la colère, le désir de revanche. Etant un homme, il avait choisi instinctivement la plus simple manière de l'humilier. Mais il n'avait jamais éprouvé de désir pour elle, elle en était sûre.

Une demi-heure plus tard, Judy revint prendre le plateau.

— Désires-tu autre chose ? demanda-t-elle.

— Non merci, refusa Kate. Je te suis vraiment reconnaissante de ta gentillesse.

A ce moment-là, le carillon de la porte d'entrée résonna.

— Je crois qu'il s'agit d'Eliot, supposa Judy.

— Eliot ? s'exclama Kate, se redressant abruptement. Je ne veux pas le voir !

— Ingrate ! la taquina Judy. N'oublie pas qu'il t'a portée dans ses bras jusqu'à sa voiture, puis jusqu'à ton appartement ! Tu lui dois quelques remerciements...

— Très drôle ! maugréa Kate, lançant à Judy un regard plein de rancune.

Celle-ci sortit de la chambre et alla ouvrir. Kate tendit l'oreille et perçut une voix grave, masculine. Mais elle appartenait à Dick et non à Eliot. Quelques secondes plus tard, Judy réapparut sur le seuil de la chambre, suivie de son ex-époux.

— Voici Dick, annonça-t-elle sèchement. Veux-tu lui parler ?

— Oui, répondit Kate.

Dick pénétra dans la chambre, le visage éclairé d'un grand sourire. Kate remarqua immédiatement que, malgré ce sourire, ses yeux brillaient d'un éclat dur.

— Kate, ma chérie, comment vas-tu ? s'exclama-t-il avec une jovialité forcée, se penchant pour l'embrasser sur la joue.

Judy sortit et claqua à toute volée la porte derrière elle, les laissant seuls.

— Vous êtes en train de creuser votre propre tombe, Dick, commenta Kate, irritée.

— Tant pis pour elle, fit Dick, boudeur, en s'asseyant au bord du lit.

— Dites-moi, Dick, demanda soudain Kate, avez-vous eu une aventure avec une autre femme ?

Dick se tourna vers elle et l'observa quelques instants en silence, abasourdi.

— Est-ce une proposition ? tenta-t-il de plaisanter.

— Soyez sérieux !

— Je le suis ! Je vous promets de partir à la conquête de la prochaine blonde que je rencontre...

— Quelle relation vous unissait à une certaine Patricia Hare ?

— Pardon ?

— Elle était blonde, n'est-ce pas ? insista Kate, le fixant droit dans les yeux.

— Oui, en effet. C'est la pire secrétaire que j'aie jamais rencontrée. Il nous a fallu au moins six mois, après son départ, pour remettre le bureau en ordre !

— Et, à part cela ? questionna Kate sans se décontenancer.

— Que voulez-vous dire ? demanda Dick, les sourcils froncés. Je ne vois absolument pas où vous voulez en venir.

— Judy a rencontré Patricia aux Etats-Unis, au cours d'une réception, et celle-ci lui a assuré qu'elle avait été votre maîtresse...

— Quoi ? rugit Dick, bondissant sur ses pieds. Vous plaisantez !

— Non.

— Mais... Judy ne m'a jamais rien dit ! A-t-elle cru ce tissu de mensonges ?

— Bien sûr. Patricia est une ravissante blonde de vingt-trois ans, ne l'oubliez pas...

— Mais pourquoi ne m'a-t-elle rien demandé ? Pourquoi ? Mon Dieu...

Il s'interrompit, pâle de rage.

— Je vais la tuer... Je vous jure que je vais la tuer ! Je comprends tout à présent... Elle faisait exprès de se montrer avec Eliot, pour se venger de moi ! Mon Dieu, comment peut-elle être si stupide ?

Il suffisait de voir Dick, le visage déformé par la fureur, pour ne plus douter de sa bonne foi. Il se mit à arpenter la pièce comme un lion en cage, les poings serrés.

— Et cette maudite Patricia, gronda-t-il. Elle voulait se venger de moi, car je l'ai licenciée sans préavis... Si jamais je la revois, je lui tords le cou !

— Vous feriez mieux de dire ces choses-là à Judy, conseilla malicieusement Kate.

— Les lui dire? s'écria Dick en se dirigeant à grandes enjambées vers la porte. Je vais les lui enfoncer dans la tête avec un marteau!

Alors qu'il ouvrait la porte, Judy se préparait à la pousser, un plateau posé en équilibre sur une main. Kate ne pouvait voir l'expression de Dick car il lui tournait le dos, mais celle-ci ne devait pas être rassurante. Un éclair de frayeur s'alluma dans les yeux de Judy.

— Je voudrais te parler, demanda Dick d'un ton sans réplique.

— Vraiment? riposta Judy. Eh bien, je refuse de te parler et...

Avant qu'elle ait pu achever sa phrase, Dick lui avait arraché le plateau des mains. Il le posa sur le sol, saisit le bras de Judy avant de la tirer sans ménagement derrière lui. La porte claqua derrière eux. Kate put entendre les protestations véhémentes de Judy puis une autre porte claqua au fond de l'appartement et le silence retomba. Elle se leva, prit une tasse de café sur le plateau abandonné devant la porte et s'installa confortablement dans son lit pour attendre la suite des événements.

7

Une demi-heure plus tard, Dick passa la tête par l'entrebâillement de la porte. Il adressa à Kate un clin d'œil complice.

— Au revoir, Kate, la salua-t-il. Remettez-vous sans tarder. Nous vous attendons avec impatience au journal.

Il agita la main et disparut. Elle l'entendit sortir de l'appartement et quelques instants plus tard, Judy apparut à son tour dans la chambre de Kate. Ses joues roses et ses yeux brillants trahissaient son émotion. Elle adressa un grand sourire à Kate.

— Tu avais raison, avoua-t-elle d'un ton un peu embarrassé. Et je ne suis qu'une idiote d'avoir cru à ses mensonges...

— Dick a dû te faire passer un mauvais quart d'heure ! la taquina Kate.

— Je dois remercier le ciel d'être encore vivante !

Son sourire disparut et elle soupira.

— Quand je pense à ces dix-huit mois d'enfer inutile... Toute cette souffrance pour les déclarations d'une petite peste ! Dick a raison... Je ne suis pas très intelligente...

— Je savais que Dick n'avait jamais eu d'aventures, lui rappela Kate, triomphante. Dans le cas contraire, les commérages me l'auraient appris, tôt ou tard.

Judy s'assit au bord du lit et réfléchit pendant quelques instants.

— Je comprends maintenant que j'étais une proie bien facile, à l'époque, confia-t-elle à Kate.

— Que veux-tu dire ?

— J'étais très seule aux Etats-Unis. Je travaillais avec des personnes beaucoup plus jeunes que moi. D'autre part, Dick me manquait beaucoup... J'ai toujours eu peur de le perdre. Après tout, je suis loin d'être une beauté... Et quand cette fille m'a débité ces mensonges je l'ai immédiatement crue car il s'agissait d'une chose que je craignais depuis longtemps...

— Si tu avais vu combien Dick était jaloux d'Eliot, tu ne t'inquiéterais plus, l'encouragea Kate. Il est visiblement fou de toi...

Une charmante rougeur envahit les joues de Judy. Elle baissa les yeux et se mit à rire, confuse.

— Puisque nous n'avons pas de champagne, proposa Kate, buvons une tasse de thé pour célébrer votre réconciliation !

Le lendemain matin, Judy regagna son domicile et Dick accompagna Kate en voiture jusqu'à la maison de ses parents où elle achèverait sa convalescence. Dick, de fort bonne humeur, siffla tout au long du trajet.

— Reposez-vous aussi longtemps que vous le désirez, insista-t-il. Eliot se débrouillera seul. Après tout, vous avez bien remplacé George...

— En d'autres mots, vous n'avez pas besoin de moi, plaisanta Kate. Pourquoi être si méchant avec la pauvre invalide que je suis ?

— Une invalide ! s'écria Dick. Vous feriez peur à un tank, chère Kate !

— Moi ? je ne suis qu'une fragile jeune femme, répliqua-t-elle, vexée d'être décrite comme une force de la nature.

Dick partit d'un énorme éclat de rire.

— Fragile, vous ? Eliot Holman ne serait pas de votre avis ! Il souffre encore des répercussions de votre dernière dispute !

De plus en plus vexée, Kate lui décocha un regard hostile. Cette conversation lui déplaisait au plus haut point. Un peu plus tard, la voiture s'arrêtait devant la maison des parents de Kate, et le docteur Marchant s'avança sur le seuil pour accueillir la malade.

— Tu sembles mal en point, ma petite fille, s'inquiéta-t-il. Tu as trop abusé de tes forces. Pourquoi prétendre être faite d'acier ? Tu es humaine, comme nous tous.

— Ai-je affirmé le contraire ? répondit agressivement Kate, exaspérée par ce sermon.

Son entourage s'était-il donc donné le mot ce jour-là pour lui faire comprendre qu'elle était bien trop faible pour occuper sa place dans le dur monde du travail ?

Le lendemain, Kate s'installa avec un livre dans le jardin, sous un grand parasol. Olivier marchait sur la pointe des pieds, lui demandait régulièrement si elle désirait boire ou manger, d'un ton plein de sollicitude.

— Je t'en supplie, cesse de jouer au petit saint, l'apostropha-t-elle, irritée par ce déploiement d'attentions.

— Chère petite sœur, répondit-il d'un ton indulgent. Toujours aussi charmante...

— Entendu, j'ai compris... De combien as-tu besoin ?

— Pour qui me prends-tu ? rétorqua-t-il, feignant d'être offensé. J'essaie d'être gentil et tu m'accuses immédiatement de vénalité !

Il s'installa sur l'herbe, à côté de la chaise longue de Kate, et s'appuya sur ses deux coudes.

— Je suis content que tu sois ici, remarqua-t-il. Tu me manques souvent...

— Touchant... railla la jeune femme.

Olivier se tourna vers elle et l'observa longuement.

— Tu étais plus douce quand tu vivais avec nous, commenta-t-il. Le mariage ne t'a pas réussi...

— Non, c'est vrai... admit Kate, confuse de s'être montrée si coupante avec son jeune frère.

— Il ne m'a jamais plu, murmura pensivement Olivier, quelques instants plus tard. Il souriait trop et cessait immédiatement dès qu'il croyait ne pas être observé...

Kate tourna brusquement la tête vers lui et l'observa, stupéfaite. Il soutint sérieusement son regard.

— Tu es très perspicace... remarqua-t-elle tristement.

— Maman croit toujours que ton cœur est brisé par la mort de Toby...

— Je le sais, soupira-t-elle.

Olivier se leva et déposa un affectueux baiser sur la joue de sa sœur.

— Je te quitte, repose-toi bien...

Après son départ, Kate se laissa aller avec délices dans les profondeurs de sa chaise longue. Les rayons du soleil la plongèrent bientôt dans une douce langueur. Une heure plus tard, le livre qu'elle avait prévu de lire gisait sur l'herbe et son bras pendait mollement de l'accoudoir de la chaise longue. Elle dormait profondément. Un léger mouvement la tira de son sommeil. Elle ouvrit lentement les yeux.

— Oh... fit-elle, déconcertée. Bonjour...

Eliot se dressait devant elle. Elle ne pouvait distinguer précisément son visage car le soleil était derrière lui. Elle se sentit inconfortablement à son désavantage. Il était debout. Elle devait lever les yeux pour le regarder. Il était vêtu et elle portait seulement un très petit bikini.

— Comment allez-vous? demanda-t-il.

— Bien, merci...

Ils étaient tous deux aussi gênés l'un que l'autre.

Eliot détourna les yeux et inspecta le jardin autour de lui.

— Très belle pelouse, commenta-t-il.

— Oui, elle fait la fierté de mon père... commenta Kate, songeant en son for intérieur que leur conversation était des plus bizarres.

Elle contempla le profil d'Eliot, découpé contre le ciel pur. Ce profil fier donnait une impression plus exacte de sa vraie nature que le visage parfait et charmeur qu'il présentait de face. Se reprenant, Kate se pencha pour ramasser son livre abandonné sur l'herbe. Eliot anticipa son geste et lui tendit le volume. Leurs mains s'effleurèrent. Elle garda obstinément les yeux baissés mais le silence se prolongea et elle se résigna à le regarder. Elle le surprit à observer son corps presque totalement dénudé. Le maillot de bain qu'elle portait ne lui dissimulait rien de sa taille fine, de ses longues jambes, de sa peau déjà légèrement dorée. Enfin, leur regard se rencontrèrent.

— Il n'est pas interdit de vous admirer, j'espère? demanda-t-il agressivement.

— Je ne m'attendais pas à votre visite... objecta-t-elle, voulant excuser sa tenue.

— Je suis venu vous adresser tous les vœux de bonne santé du personnel, expliqua-t-il.

— Merci, c'est très gentil à vous...

— Merci et au revoir, n'est-ce pas? rétorqua-t-il.

— Je n'avais pas l'intention d'être impolie, s'excusa-t-elle, détournant les yeux.

— Vous le faites sans même vous en apercevoir. Je n'ai jamais été si mal traité de ma vie...

— Je vous assure que je ne me sens pas de force à maltraiter qui que ce soit, aujourd'hui...

— Et si je vous provoque?

— En avez-vous l'intention?

— Peut-être bien...

Il se pencha sur Kate et effleura doucement sa

bouche de ses lèvres. Il se redressa avant qu'elle n'ait pu réagir. Ses yeux l'observaient moqueusement.

— Qu'attendez-vous pour me gifler? murmura-t-il.

Le cœur de Kate se mit à battre follement. Incapable de soutenir son air narquois, elle baissa les yeux.

— Un autre jour, tenta-t-elle de plaisanter.

— Bien volontiers... répliqua Eliot.

Il laissa à nouveau son regard glisser sur les formes exposées de la jeune femme. Kate s'agita nerveusement. Il lui semblait que, derrière ces paupières mi-closes, les prunelles grises l'effleuraient comme des doigts curieux.

— Délicieuse, murmura-t-il...

— Je vous ai déjà dit que je n'aime pas les hommes qui flirtent! explosa Kate, irritée du trouble qui l'envahissait peu à peu.

— Mais je ne flirte pas! protesta Eliot, s'installant sur un des accoudoirs de la chaise longue.

— Vraiment? Quelle grossière erreur de ma part! railla-t-elle.

— Non, je vous l'assure, je ne flirte pas, insista-t-il. Vous devriez le deviner... J'ai immédiatement été attiré par vous, dès notre première rencontre. Comment expliquez-vous ma colère quand j'ai cru que vous aviez une aventure avec Dick? J'étais jaloux, voilà tout...

Affolée, Kate sentit sa bouche se dessécher. Elle fixait obstinément ses mains jointes sur son livre.

— Je vous en prie... supplia-t-elle à voix basse.

— Je sais, je sais, l'interrompit-il. Dick m'a tout raconté. Vous détestez les hommes à cause de votre triste expérience...

— Il n'avait pas le droit de vous confier ces choses-là. C'était un secret entre nous...

— Quoi qu'il en soit, je suis au courant désormais... C'est pourquoi vous vous êtes sentie mal, quand je vous ai embrassée.

Kate garda le silence. Un oiseau sifflait joyeusement au-dessus de leur tête.

— Je croyais que vous me haïssiez, que vous ne pouviez supporter que je vous touche, continua pensivement Eliot.

— Non, il ne s'agissait pas de vous en particulier. J'aurais réagi de la même manière avec qui que ce soit, dans les mêmes circonstances...

— Mais vous ne vous êtes pas sentie mal, aujourd'hui, remarqua Eliot avec un sourire mi-tendre, mi-moqueur.

— Ce n'était pas la même chose, répondit rapidement Kate, déjà sur la défensive.

— Non, accorda-t-il en riant. Mais la dernière fois, j'étais à moitié fou de jalousie...

Kate se mit à trembler incontrôlablement. Eliot remarqua son agitation.

— Je ne veux pas vous presser, murmura-t-il. Mais accepteriez-vous une invitation à dîner, quand vous serez rétablie ?

Un étrange malaise, à la fois amer et doux, envahit la jeune femme, la laissant sans forces. Aucun son ne sortait de sa gorge serrée. Eliot s'agenouilla à ses côtés et approcha son visage du sien. D'un doigt léger, il effleura sa joue.

— Vous me plaisez tant, Kate, lui confia-t-il à voix basse. Vous êtes purement et simplement ravissante. Et très intelligente... Un bel avenir pourrait s'ouvrir devant nous, si vous le désiriez...

Ses cheveux blonds, resplendissaient dans la lumière de cette chaude après-midi estivale, encadrant de leur halo doré ce visage à la fois fin et viril, si séduisant, trop séduisant... Sous ce masque charmeur se cachait une force et une volonté de fer. Un léger sourire étira ses lèvres sensuelles, fermement dessinées.

— Vous avez peur de souffrir, je le devine, reprit-il.

Ayez confiance en moi, Kate. Je ne vous demanderai rien qui puisse vous effrayer...

Il inclina encore un peu plus son visage et Kate devina qu'il voulait l'embrasser à nouveau. Vivement, elle détourna la tête.

— Non... refusa-t-elle.

Il se redressa et garda le silence quelques instants. Puis, soupirant, il se leva et caressa d'une main fraîche le front de Kate.

— Bien, fit-il, j'attendrai... Nous nous verrons au bureau. Mais je vous en prie, Kate, réfléchissez. Donnez-moi une chance...

Elle eut tout le temps de penser aux paroles d'Eliot durant son séjour chez ses parents. Elle avait repoussé ses avances mais elle ne pouvait nier qu'il l'avait profondément troublée. L'espace d'un instant, elle avait désiré s'abandonner quand il avait tenté de l'embrasser. Mais une peur obscure l'avait retenue au dernier moment. Cette contradiction dans ses propres sentiments déconcertait profondément la jeune femme et l'effrayait.

Mary accueillit Kate par de grandes effusions quand elle reprit son travail. Tout au long de la journée, elle se montra prévenante et Kate répondit à cette gentillesse par une amabilité inhabituelle chez elle. Après cette absence d'une semaine, elle réalisait combien elle s'était montré irritable et susceptible, ces derniers temps. Elle résolut de se débarrasser de ces défauts. Eliot avait pris un jour de congé et elle put reprendre le fil de son travail calmement. Ils se retrouvèrent le lendemain et s'installèrent tout naturellement dans une paisible collaboration. Kate avait complètement oublié le voyage qu'ils devaient effectuer en France. Quand Eliot le mentionna, elle se troubla. Elle craignait de voyager seule avec lui. Ses émotions ne risquaient-elles pas de la trahir au cours d'un tête-à-tête dans un pays étranger ?

— Peut-être vaudrait-il mieux que vous y alliez seul, cette fois-ci... suggéra-t-elle timidement.

Les traits d'Eliot se durcirent immédiatement. Il l'observa avec sévérité.

— Non, décréta-t-il fermement. Tant pis pour vous si ma compagnie vous est désagréable. Il ne s'agit que de travail, ne l'oubliez pas...

Kate rougit violemment.

— Je ne voulais pas insinuer que...

— Si ! coupa-t-il. Vous aviez un regard effrayé. Et pour l'amour du ciel, ne sursautez pas dès que je m'approche de vous !

— Je ne sursaute pas !

— Si. Je ne vais pas vous dévorer vive...

— Je le sais...

— Vraiment ? En êtes-vous sûre ?

Une lueur malicieuse s'alluma dans ses prunelles et les joues de Kate s'enflammèrent de plus en plus.

— Cessez ces plaisanteries scabreuses immédiatement ! ordonna-t-elle, furieuse.

— Scabreuses ? répéta moqueusement Eliot. Pourquoi ferais-je des plaisanteries scabreuses avec une statue de marbre telle que vous ?

Le bras de Kate s'était déjà levé pour le frapper, mais il le retint à la dernière seconde et le maintint fermement.

— Je ne vous accompagnerai pas en France ! s'écria-t-elle, humiliée de se voir maîtrisée si facilement.

— Si, répliqua-t-il calmement.

— Vous ne pouvez m'y forcer !

— Et pourquoi pas ? Je suis votre supérieur, ne l'oubliez pas. Nous allons travailler et non batifoler ! A mon grand regret, croyez-le bien !

— Vous... vous... bafouilla Kate, suffocante de rage.

Il éclata de rire devant cette fureur incohérente.

— Que vous arrive-t-il ? se moqua-t-il. Avez-vous peur de la vérité ? Rassurez-vous, nous ne serons pas seuls. Steve Martin, le photographe, nous accompagnera.

Quelques jours plus tard, Eliot, Steve et Kate prenaient l'avion pour Paris. Le voyage se déroula sans incident. A leur arrivée à l'hôtel où leurs chambres étaient réservées, une foule dense envahissait le hall de réception.

— Oh, non ! gémit Steve, le photographe. Nous allons attendre au moins deux heures pour nos clefs !

— Je me charge des formalités, offrit Kate. Pourquoi n'attendez-vous pas au bar ?

— Bonne idée ! s'écria-t-il aussitôt. Vous venez, Eliot ?

— Non, merci. Je n'ai pas soif... répondit-il.

— Je comprends... ironisa Steve en observant avec un sourire Eliot et Kate.

Quand il fut parti, la jeune femme tourna le dos à son compagnon. Les sous-entendus de Steve l'avaient irritée. Eliot se promena nonchalamment dans le hall. Kate le vit observer une jeune femme blonde. Celle-ci lui décocha un regard intéressé et Kate détourna les yeux pour ne plus assister à ce flirt muet. Enfin, après une demi-heure d'attente, elle prit enfin possession des clefs de leurs chambres. Eliot mit celle de Steve dans sa poche avec l'intention de la lui remettre plus tard, puisqu'il se trouvait toujours au bar. Il pénétra avec Kate dans l'ascenseur et ils montèrent en silence jusqu'à leur étage. Leurs chambres étaient voisines. Elle le soupçonna immédiatement de l'avoir fait exprès. Ils n'avaient toujours pas échangé un mot quand ils se séparèrent.

Une atmosphère suffocante de chaleur régnait dans la petite chambre attribuée à Kate. Elle ouvrit les fenêtres mais s'aperçut, hélas, qu'elles donnaient sur une petite cour sombre. Résignée, la jeune femme prit une douche froide et passa une robe de lin blanc. Quelques minutes plus tard, Eliot frappait à la porte. Il portait avec lui tous les quotidiens du jour.

— Nous les étudierons en mangeant, décida-t-il.

— Je n'ai pas faim mais soif, objecta Kate.

— Vous avez raison, il fait trop chaud, opina Eliot. Mais je vois que vous avez adopté une tenue adaptée à la canicule...

Le cœur de Kate se mit à battre plus rapidement quand elle le vit entrer franchement dans la chambre et refermer la porte derrière lui.

— Nous... nous pourrions prendre un rafraîchissement au bar, suggéra-t-elle d'une voix mal assurée.

Il ne répondit pas et continua à s'avancer vers elle.

— Non... balbutia Kate, sentant ses genoux céder sous elle.

— J'ai à vous parler, l'interrompit sèchement Eliot.

La dureté de sa voix la frappa comme un fouet. Elle comprit soudain qu'elle lui avait automatiquement prêté des intentions auxquelles il ne songeait pas le moins du monde. Le trouble qui l'avait frappée n'avait été provoqué que par la force de sa propre émotion...

— Je n'ai pas apprécié la manière dont vous m'avez traité en présence de Steve, articula-t-il nettement. Au cours des prohains jours, nous allons constamment nous trouver en sa présence. Qu'il ne remarque plus jamais ces regards dédaigneux que vous me décochez !

— De quel droit me parlez-vous sur ce ton? s'offusqua-t-elle.

Il serra les dents.

— Ecoutez-moi bien. Je vous conseille vivement de cesser de me provoquer ainsi...

Kate leva le menton et le défia du regard.

— Vous croyez me faire peur, n'est-ce pas ? Eh bien,

vous vous trompez... Je me conduirai avec vous comme je l'entends...

— Vraiment ? susurra-t-il avec une dangereuse douceur. J'essaie de garder mon calme, mais vous feriez perdre patience à un saint !

— Vous n'en êtes certainement pas un ! railla Kate.

— Exact, répliqua-t-il. Dans ce cas, je n'ai pas à me conduire comme tel...

Vif comme l'éclair, il la prit par les épaules et l'attira brusquement contre lui. Kate fut horrifiée du subtil sentiment de satisfaction qu'elle éprouva à ce moment-là. Elle dut admettre que depuis le début de leur querelle, elle avait attendu cet instant, inconsciemment. Et, à présent, elle fixait, fascinée, les lèvres sensuelles d'Eliot, le cœur battant la chamade. Les yeux gris avaient pris un éclat étrange et elle ferma les paupières pour échapper au violent désir qu'elle y lisait. Elle sentit deux bras musclés glisser le long de son dos pour se nouer étroitement autour de sa taille. Lentement, il s'empara de ses lèvres frémissantes et elle crut défaillir de plaisir. Il s'interrompit seulement pour déposer de fiévreux baisers au coin de ses yeux, sur ses joues lisses. Kate se serra contre lui, heureuse et désespérée à la fois de cette invincible faiblesse qui prenait possession de ses membres, la laissant pantelante. Ses paumes caressèrent instinctivement son torse musclé, percevant les battements rapides de son cœur, puis glissèrent sur ses épaules et vinrent s'enfouir dans la masse soyeuse de ses cheveux. Elle était si absorbée, ivre de caresses, qu'elle ne s'aperçut pas tout de suite qu'Eliot la poussait doucement vers le lit voisin.

— Non, fit-elle, soudain, revenant brutalement à la réalité.

— Ne craignez rien, Kate, la pressa-t-il, ponctuant ses mots d'un léger baiser sous son oreille.

— Non, non... répétait-elle, affolée, cherchant à desserrer son étreinte.

— Kate, murmura-t-il d'une voix rauque, ne me tourmentez pas, je vous en supplie...

Elle devinait la tension qui le dévorait. Le même feu les animait mais elle ne voulait pas l'admettre. Pas encore. Toute sa conscience se révoltait contre la voix de son corps.

— Non, gémit-elle, laissez-moi... Je vous hais !

Elle ouvrit les yeux et découvrit avec terreur que les traits d'Eliot s'étaient crispés. Une rage soudaine déformait son visage.

— Mademoiselle a changé d'avis ? Il y a à peine une minute, vous étiez dans bien d'autres dispositions...

— Non, c'est faux ! cria-t-elle, sachant qu'elle mentait.

A son regard, elle comprit qu'il le savait également et elle chercha désespérément le moyen de l'éloigner.

— Vous me dégoûtez ! s'écria-t-elle, secouée de sanglots nerveux.

Elle regretta immédiatement ses paroles car la bouche d'Eliot prit un pli cruel.

Sans un mot, il poussa Kate sur le lit et se jeta sur elle, blessant ses lèvres dans un baiser d'une violence sauvage, l'empêchant de lutter par une étreinte de fer. Enfin, il se redressa. Elle détourna la tête et enfouit son visage dans l'oreiller, tremblant de tous ses membres.

— Mon Dieu... l'entendit-elle murmurer. Qu'ai-je fait ? Je suis désolé... Je ne voulais pas...

— Sortez, articula-t-elle avec difficulté. Sortez immédiatement !

Au son de sa voix, la colère d'Eliot se réveilla instantanément.

— Croyez-vous que je sois de bois ? Vous ne pouvez continuer à me repousser ainsi, au dernier moment... Ce sont des stratagèmes de coquettes...

— Bien sûr, tout est de ma faute ! s'exclama-t-elle

amèrement. Vous me brutalisez et je devrais ensuite vous présenter mes excuses ! De toute façon, vous êtes plus fort, non ? Qu'attendez-vous ? Abusez de moi ou bien partez !

Il garda le silence pendant quelques instants, observant attentivement le visage décomposé de Kate.

— Votre mari était vraiment une brute, n'est-ce pas ? remarqua-t-il à voix basse.

Elle poussa un profond soupir.

— Je ne veux pas en parler.

— Non, bien sûr, je comprends... Mais en avez-vous déjà parlé à quelqu'un, à part Dick ? Et pourquoi vous êtes-vous confiée à lui ? Etes-vous amoureuse de lui ?

Sa voix avait pris une inflexion menaçante à nouveau.

— Non, démentit-elle avec lassitude. Nous avons seulement évoqué quelques pénibles souvenirs...

— Je vois... Confiez-vous à moi, Kate, je vous en prie...

— Pourquoi ? Vous aimez les histoires sordides ? railla-t-elle d'un ton coupant.

— Je veux savoir exactement ce qui vous a traumatisée ainsi.

— Vraiment ? Je vais vous le dire : mon mari vous ressemblait. Comme vous, il n'acceptait jamais une réponse négative, et il m'imposait sa volonté d'une manière tout à fait déplaisante, sinon cruelle... Quand j'avais cédé, il devenait absolument charmant, du moins pour quelques jours...

Eliot jura entre ses dents.

— Donc, je lui ressemble ? Merci beaucoup ! Pour l'amour du ciel, tous les hommes n'ont pas la même mentalité !

— Je l'ignore, rétorqua Kate, mais je ne suis pas prête, de toute façon, à le vérifier...

Eliot se leva et enfonça ses mains dans ses poches, l'air buté.

— Je descends au bar, décida-t-il. J'ai besoin d'un alcool fort. Venez-vous avec moi ?

— Non, je vous rejoindrai plus tard...

Il lui jeta un furtif regard puis inclina la tête en signe d'assentiment et sortit. Dès qu'il eut refermé la porte derrière lui, Kate enfouit son visage dans l'oreiller et éclata en sanglots.

8

Le jour suivant, ils commencèrent leur reportage. Steve, le photographe, accompagna Eliot ; ce dernier devait interviewer deux personnalités politiques de première importance. Kate, quant à elle, se chargea de l'aspect social et culturel. Elle suivit à la lettre les indications données par son patron et la journée se déroula sans incidents, d'une manière fort intéressante pour elle qui n'avait encore jamais travaillé dans ces conditions. En fin d'après-midi, ils se retrouvèrent tous trois dans le hall de l'hôtel. Kate et Eliot échangèrent un coup d'œil méfiant. Ils se traitaient avec une infinie politesse mais le souvenir de l'incident de la veille flottait comme un spectre entre eux. Kate se raidissait nerveusement dès qu'elle se trouvait en sa présence. Elle profita de son inattention pour l'observer discrètement. Il portait un élégant polo de soie largement entrouvert. Etrangement, il semblait plus grand que d'habitude dans cette tenue. Eliot se tourna brusquement vers elle et leur regard se rencontrèrent. Kate rougit jusqu'à la racine des cheveux, honteuse de s'être laissé surprendre à l'épier.

— Allons-nous dîner, maintenant ? demanda Eliot, narquois.

— Je voudrais d'abord me rafraîchir, décida Kate, se reprenant.

— Dans ce cas, je vous donne rendez-vous ici, un peu plus tard, proposa-t-il.

Ils se retrouvèrent à l'endroit convenu, une demi-heure plus tard. Kate fut étonnée de l'absence de Steve.

— Steve a décidé de s'amuser ce soir, lui apprit Eliot, devinant ses pensées. La vie nocturne à Paris est bien plus animée qu'à Londres...

Kate s'offusqua immédiatement à ces mots, et elle fronça dédaigneusement les sourcils.

— Allez-vous amuser, vous aussi ! insista-t-elle. Je ne voudrais pas être un boulet à votre pied...

Mon Dieu, songea-t-elle en finissant de parler, que m'arrive-t-il ? Je suis jalouse...

Eliot lui adressa un sourire froid.

— Essayez-vous de m'éloigner poliment ? Je ne veux pas vous importuner...

— Rien ne nous oblige à passer toute la soirée ensemble, rétorqua-t-elle, ne comprenant pas elle-même la raison de son agressivité.

— C'est exact, opina-t-il froidement. Je l'avais oublié...

D'un geste brusque, il lui saisit le bras et la guida vers le restaurant de l'hôtel comme une enfant désobéissante. Mais l'éclat de Kate avait ruiné leur sortie. Ils mangèrent en silence, évitant soigneusement de se regarder. A la fin du repas, une chanteuse apparut sur la petite scène du restaurant et commença un récital de chansons populaires. Eliot commanda un cognac et s'installa confortablement pour écouter l'artiste. La nervosité de Kate croissait de minute en minute. Finalement, n'y tenant plus, elle se leva et informa son compagnon qu'elle montait se coucher. Il opina distraitement de la tête, ne lâchant pas des yeux la scène où venaient d'apparaître six danseuses très légèrement vêtues. Une fois seule dans sa chambre, la jeune femme se mit à arpenter la largeur de la pièce, hors d'elle. Elle en voulait à Eliot d'avoir manifesté un intérêt si apparent pour les danseuses, au détriment de la politesse, et elle se reprochait en même temps cette réaction de pure jalousie. A bout de nerfs, elle se résigna à se coucher car le départ du lendemain était fixé à une heure très matinale. Après une insomnie interminable, elle sombra enfin dans un sommeil de plomb.

Le lendemain matin, Kate se leva avec grandes difficultés et de fort mauvaise humeur. Une demi-heure plus tard, elle rejoignit Eliot et Steve dans le hall. Steve, enchanté de sa soirée de la veille, ne tarissait plus d'éloges sur Paris.

— Dites-moi, Steve, demanda narquoisement Eliot, avez-vous dormi, cette nuit ?

— Non, avoua l'autre.

— Eh bien, j'espère qu'elle en valait la peine... s'amusa-t-il.

— Et vous ? questionna le jeune photographe, glissant son regard malicieux vers Kate.

— Moi ? répondit Eliot. Je me suis couché assez tôt et j'ai travaillé dans mon lit...

Steve éclata de rire, et les deux hommes échangèrent un clin d'œil complice. Furieuse, Kate leur tourna le dos et se dirigea vers la porte d'entrée où leur taxi les attendait déjà pour les conduire à l'aéroport. En montant dans le véhicule, Eliot effleura par mégarde le genou de Kate et s'en excusa ostensiblement.

Marseille conquit le cœur de Steve dès l'aéroport. Eliot lui donna quelques instructions et le laissa se promener à sa guise dans les rues de la ville, lui demandant seulement de prendre de bonnes photos. Puis il effectua, avec son assistante, plusieurs interviews qui donnèrent à la jeune femme l'occasion d'admirer une fois de plus le savoir-faire professionnel de son patron, tandis qu'il interrogeait rapidement, dans un français parfait, les personnalités les plus diverses.

Quand ils eurent mené à bien leur plan de travail, Eliot se tourna vers Kate et lui demanda :

— Je connais une petite plage tranquille à quelques kilomètres d'ici. Pourquoi n'irions-nous pas nous baigner ?

— Oui, c'est une bonne idée, approuva-t-elle, sans montrer son enthousiasme.

— Quel empressement dans vos réponses ! railla-t-il.

— Et que dois-je faire ? Me mettre à genoux pour vous remercier d'avoir eu cette brillante idée ?

— Un peu plus de chaleur ne vous coûterait rien... remarqua-t-il sèchement.

— Pourquoi n'allez-vous pas vous baigner tout seul ? jeta-t-elle alors. Je ne tiens pas à gâcher mon après-midi par de stupides disputes !

Il s'arrêta net et la regarda froidement.

— Voulez-vous vous baigner, oui ou non ?

Kate hésita quelques secondes, partagée entre la perspective d'un bain de soleil et le désir de ne pas perdre la face devant cet homme impossible.

— Oui, accepta-t-elle enfin.

— Votre fierté vous fait souffrir, n'est-ce pas ? remarqua-t-il avec indulgence.

Kate baissa la tête sans mot dire.

— Souriez, chuchota-t-il à son oreille.

Un tressaillement anima furtivement les lèvres de la jeune femme.

— Mon Dieu, elle a essayé de sourire ! s'exclama-t-il, feignant la stupéfaction.

— Idiot ! s'écria-t-elle, tentant de dissimuler son embarras.

— Vous me flattez...

Ils se rendirent immédiatement dans une agence de location de voitures et se retrouvèrent bientôt dans un petit véhicule rouge, fonçant sur la route qui longeait la mer. Une fois arrivés à destination, Kate fit l'acquisition d'un maillot de bain dans une boutique proche et partit se changer dans les cabines en bois de la plage. En sortant, elle repéra instantanément Eliot. Sa haute stature et sa tête blonde le différenciaient du reste de la foule des touristes. Elle lui adressa de grands signes et se dirigea rapidement vers lui.

— Un maillot de bain une pièce ? s'étonna-t-il quand elle arriva à sa hauteur. Je vous préfère en bikini...

— Je le sais, ironisa-t-elle. C'est justement pourquoi j'ai préféré un costume un peu moins léger...

Sans attendre de réponse, elle courut jusqu'aux premières vagues bleues et plongea la tête la première dans l'eau fraîche. Eliot se lança à sa poursuite et pendant une longue demi-heure, ils profitèrent des joies de la mer. En regagnant la plage, un groupe de jeunes gens lança un ballon de plastique multicolore vers Kate. Elle le leur renvoya, riant de bon cœur. Les joueurs s'approchèrent alors mais Eliot surgit soudain aux côtés de sa compagne, et l'entraîna fermement vers un endroit plus calme. Sur le sable fin et délicieusement chaud, Kate étendit son drap de bain et s'y allongea confortablement. Eliot se tenait toujours debout à côté d'elle et elle sut, malgré ses yeux clos, qu'il l'observait. Tous ses nerfs se tendirent sous ce silencieux examen. Elle passa ses doigts dans ses cheveux mouillés pour se donner une contenance. Le soleil ardent avait déjà séché sa peau.

— Attention, Kate, le soleil est dangereux, vous en rappelez-vous ? la taquina-t-il gentiment en s'agenouillant près d'elle. Je vais aller vous chercher une crème solaire.

— Non ! protesta-t-elle.

Mais il s'était déjà levé et s'éloignait en direction des boutiques, à l'autre bout de la plage. Résignée, Kate s'allongea à nouveau et ferma les yeux. Une légère brise caressait sa peau. Autour d'elle, des cris d'enfants ponctuaient la rumeur régulière des vagues sur la grève. Engourdie par la chaleur, elle glissa bientôt dans une douce somnolence. Un grand jet de sable sur son dos la réveilla en sursaut. Eliot riait, à ses côtés. Il tenait d'une main une bouteille de lotion solaire et de l'autre un immense chapeau de paille qu'il enfonça avec détermination sur la tête de Kate, l'aveuglant. Prise d'un fou rire, elle releva les bords du chapeau et leva les yeux vers son compagnon.

— Il vous va très bien, décida-t-il.

— Merci beaucoup, vous êtes très gentil...

— Et maintenant, l'interrompit-il en s'installant auprès d'elle, nous commençons l'opération-bronzage !

Kate, devinant soudain ses intentions, se raidit.

— Non, protesta-t-elle, ce n'est pas la peine... Le soleil va bientôt disparaître.

Eliot jeta un coup d'œil sceptique au ciel bleu et pur et elle comprit combien son prétexte était futile. L'après-midi commençait à peine.

— Je ne voudrais pas être responsable d'une autre insolation... plaisanta-t-il en versant une noisette de lotion dans sa main.

— Je peux le faire moi-même, fit-elle précipitamment.

— Et je peux le faire mieux que vous ! répliqua-t-il gaiement.

Il lui adressa un clin d'œil complice et murmura.

— Vous savez bien que j'utiliserais la première excuse venue pour caresser votre peau si douce...

Une rougeur subite envahit les joues de Kate.

— Vous croyez-vous spirituel ? lui lança-t-elle, intensément gênée.

— Que voulez-vous ? se moqua-t-il, nullement découragé.

Déconcertée, elle tenta de se lever mais il l'en empêcha fermement et avec la plus grande aisance, il commença à masser ses épaules nues. A plat ventre sur sa serviette, elle sursauta comme si elle ne s'y était pas attendue. Du coin de l'œil, elle essayait de voir le visage d'Eliot mais celui-ci, intensément concentré sur sa tâche, gardait une expression froide et indifférente. Elle sentit ses doigts glisser le long de son cou, de ses bras, s'y attarder imperceptiblement... Puis il reprit un peu de crème et l'étala ensuite sur ses jambes. Un silence profond régnait entre eux. Curieusement, Kate n'avait absolument plus peur. Elle se détendit et apprécia secrètement les lents mouvements circulaires de ses mains sur sa peau.

— Tournez-vous, murmura-t-il un peu plus tard.

Elle s'allongea sur le dos, docile. Il saisit le chapeau qui gisait sur le sable et le posa sur ses yeux, riant doucement. Aveuglée, Kate sentit qu'il déposait un léger baiser sur sa joue. Quand il eut terminé, il referma le flacon de lotion et s'étendit aux côtés de la jeune femme. Ils furent bientôt tous deux endormis.

La jeune femme émergea avec surprise de son demi-sommeil quand elle entendit Eliot l'appeler doucement.

— Il nous faut partir à présent, l'informa-t-il.

— Quel dommage ! soupira-t-elle.

— Nous avons une dure journée en perspective, demain, lui rappela-t-il.

— Oui, je sais... Nous allons à Bordeaux...

— J'en ai bien peur...

— Pourquoi ne pas prolonger notre visite à Marseille ? suggéra-t-elle d'un ton léger.

— Ne me tentez pas !

— Mais je ne vous tente pas !

— Oh si !... Savez-vous seulement à quel point vous me plaisez ?

Le sourire de Kate s'éteignit immédiatement.

— Je vous en prie, ne dites rien, murmura-t-elle en s'empourprant.

— Très bien, s'inclina Eliot après quelques instants de silence.

Il sauta sur ses pieds d'un mouvement souple et la pressa avec impatience :

— Vous venez ?

Kate le suivit docilement, la gorge serrée. L'après-midi avait été si agréable... Elle avait pu se détendre, oublier sa méfiance instinctive mais cette parenthèse de paix avait été détruite par les quelques mots tendres d'Eliot. Et à présent, il lui gardait rancune...

Ils se changèrent et reprirent place dans la voiture. Le trajet du retour s'effectua en silence. Le soir, ils dînèrent à nouveau au restaurant de l'hôtel et le repas fut aussi tendu que la veille. Steve restait invisible.

— Il a dû faire une plaisante rencontre... commenta ironiquement Eliot.

Ils étaient seuls dans l'ascenseur quand ils remontèrent dans leurs chambres. La cabine s'arrêta à leur étage avec une grande secousse et Kate se retrouva projetée contre Eliot. Elle retint un petit cri de surprise, leva les yeux vers lui et se figea, reconnaissant dans ce regard gris une expression désormais familière. Mais quand il prit ses lèvres, elle répondit à son baiser avec une passion qui la laissa pantelante. Une intense chaleur coulait dans ses veines. Elle s'accrocha désespérément aux épaules d'Eliot pour ne pas glisser sur le sol tant la force de son émotion était violente. Il se détacha soudain d'elle et la poussa doucement hors de l'ascenseur dont les portes venaient de s'ouvrir. Une femme d'âge mûr, extrêmement élégante et distinguée, les fixait avec réprobation. Elle s'effaça pour les laisser passer et pénétra à son tour dans la cabine sans leur avoir accordé un regard. Un fou rire nerveux saisit Eliot et Kate dans le corridor.

— Avez-vous vu son expression ? s'amusa-t-il.

— Nous l'avons horriblement choquée !

— Elle va se plaindre à la direction !

— Heureusement que nous partons demain matin ! Je n'aurais pas aimé être chassée de l'hôtel pour impudeur !

— Peut-être aurions-nous eu notre photo dans le journal...

Ils s'arrêtèrent devant la chambre de Kate et elle tira sa clef de son sac, consciente de la présence immobile d'Eliot à ses côtés.

— Bonne nuit, murmura-t-elle, incapable de rencontrer son regard.

Il se mit à rire doucement.

— Bonne nuit, Kate, répondit-il avant de s'éloigner.

Elle referma rapidement la porte de sa chambre derrière elle, soupirant de soulagement. Cette nuit-là, elle réfléchit longuement aux événements de la journée. Dans l'ascenseur, elle s'était immédiatement rendue au baiser d'Eliot, sans même y réfléchir, répondant au plus pur élan physique. Depuis la mort de Toby, elle s'était enfermée dans sa tour d'ivoire, terrorisée par le désir qu'elle inspirait aux hommes, sachant quelle souffrance accompagnait parfois le plus passionné des liens sentimentaux. Depuis lors, elle évitait soigneusement toutes les situations émotionnellement dangereuses, y répondant par l'agressivité, le sarcasme, le dédain. Mais elle avait perdu le contrôle, bien malgré elle, de la situation dans laquelle elle se trouvait avec Eliot. L'élan qui la poussait vers lui la terrifiait. Son corps semblait s'être approprié une vie propre et n'obéissait plus aux ordres de sa raison.

Déchirée entre la peur du danger et l'irrésistible attirance d'Eliot, elle écoutait de moins en moins les consignes de prudence que lui soufflait sa conscience.

La jeune femme mit longtemps à s'endormir et s'éveilla, le lendemain matin, souffrant d'une violente migraine. Une fois de plus, elle partit avec Steve et Eliot pour l'aéroport et s'embarqua sur le vol Marseille-Bordeaux.

Bordeaux jouissait du même beau temps qui régnait sur toute l'Europe cet été-là. Ils employèrent leur journée à visiter diverses usines et une exploitation agricole moderne. Le soir, Kate et Eliot se rendirent à l'invitation à dîner d'un homme d'affaires français, ami de longue date de son patron. Kate écouta en silence leur conversation. Elle aurait aimé y prendre part, mais ils ne lui prêtaient aucune attention. De temps en temps, ils se tournaient vers elle et lui demandaient en souriant si le vin lui plaisait ou si le café était assez fort pour son goût. Kate souriait, hochait la tête, fulminant intérieurement de rage. Ils la traitaient comme une enfant, une personne frivole, et n'en étaient sans doute même pas conscients. Dans le taxi qui les ramenait à l'hôtel, Eliot s'aperçut enfin de la mauvaise humeur de Kate.

— Que se passe-t-il ? demanda-t-il. Vous semblez en colère...

— Mais non, rétorqua-t-elle. J'adore être ignorée pendant toute une soirée...

— Ignorée ? s'étonna Eliot. Vous plaisantez ? Michel, mon ami, vous a accablée de compliments.

Kate haussa les épaules avec irritation.

— On ne peut, bien sûr, l'accuser de manquer de galanterie. Mais je ne faisais pas allusion à cela. Vous avez parlé exclusivement ensemble. En fait, j'aurai aussi bien pu être absente... Ou sourde-muette...

— Mais il s'agissait d'une interview, Kate ! protesta-t-il.

Il caressa tendrement son bras nu et lui adressa son plus beau sourire.

— Je vous en prie, murmura-t-il, ne boudez pas...

Ils arrivèrent enfin à l'hôtel et regagnèrent leurs chambres. Kate se tourna vers Eliot, avant de se retirer :

— Bonne nuit, le salua-t-elle d'une voix mal assurée.

Il souriait. Il s'approcha d'elle et saisit son visage entre ses mains. Instantanément, l'esprit vide, elle lui tendit ses lèvres et lui rendit impulsivement son baiser, oubliant tous les griefs de la soirée. Elle comprenait maintenant qu'elle avait été jalouse, jalouse de voir Eliot s'intéresser à une autre personne, accorder une attention qu'elle s'appropriait déjà. Et maintenant, elle tremblait violemment, répondant de toutes les fibres de son corps au désir qu'elle devinait en lui. Sa tête glissa sur son épaule virile et ses lèvres entrouvertes exhalèrent un faible soupir. Instantanément, l'étreinte d'Eliot se resserra, au point qu'elle en eut la respiration coupée.

— Je vous aime, Kate... chuchota-t-il d'une voix rauque.

A travers la brume qui envahissait son esprit, Kate entendit soudain une petite voix insidieuse. Elle aurait aimé la faire taire, mais l'enjeu était trop important : il s'agissait de souffrance. Et elle allait inévitablement souffrir, tôt ou tard, si elle cédait à Eliot...

— Non, balbutia-t-elle, c'est impossible... Non...

— Je vous en prie, Kate, supplia-t-il, faites-moi confiance... Détendez-vous... Je ne vous ferai jamais aucun mal, je vous le promets...

Le désir fou et désespéré qui perçait sous sa voix affola irrémédiablement Kate. D'autre part, il avait déjà promis la douceur et la compréhension, une autre fois, et s'était malgré tout laissé aller à la violence.

— Non ! cria-t-elle, le repoussant de toutes ses forces.

Vive comme l'éclair, elle ouvrit la porte de sa chambre et se réfugia à l'intérieur avant de lui claquer le battant au nez. Mais elle eut le temps d'apercevoir la lueur de furie meurtrière dans les prunelles grises d'Eliot...

9

Le dernier jour de leur séjour en France fut une course contre la montre. Enfin, vers vingt heures, ils se retrouvèrent tous trois dans le vol pour Londres. Eliot traitait Kate avec la plus grande froideur. Elle devina qu'il était humilié par la manière dont elle avait mis fin à la soirée précédente et qu'il cherchait à se venger d'elle. Contrite, elle répondit à ses piques incessantes par la plus grande amabilité mais cette gentillesse le rendit encore plus furieux. Ils retrouvèrent la voiture d'Eliot au parking de l'aéroport et celui-ci raccompagna d'abord Steve chez lui puis laissa Kate devant la porte de son immeuble, la saluant sèchement. Il resta absent du bureau au cours des deux jours suivants. Enfin, le vendredi matin, il fit son apparition au journal. Son visage sombre ne promettait rien de bon.

— J'ai rédigé le reportage, annonça Kate après l'avoir courtoisement salué, en lui tendant un dossier.

— Je l'espère bien, répliqua-t-il d'un ton mordant avant de s'absorber dans son travail.

Quel homme merveilleux ! songea amèrement Kate. Avait-il l'intention de la punir longtemps par cette massacrante humeur ? Elle avait repoussé ses avances et il lui faisait payer son échec par tous les moyens à sa disposition, de la manière la plus injuste. Durant les deux derniers jours, Kate avait eu le temps de réfléchir à la situation. L'intimité créée par ce séjour à l'étranger s'était dissipée. Mais le risque existait toujours pour elle. Elle se demanda brusquement s'il avait organisé à l'avance sa campagne de séduction, comptant sur le changement d'atmosphère, quelques compliments, et des œillades langoureuses pour la faire céder à son caprice. Elle remercia le ciel d'avoir conservé assez de bon sens pour ne pas se ridiculiser en cédant à ces banals stratagèmes de séducteur. A présent, elle hurlerait s'il osait l'effleurer, décida-t-elle.

Le lendemain était un samedi, Kate profita de la journée pour faire quelques courses avant de regagner son appartement. Elle était invitée ce soir-là chez Dick et Judy pour fêter avec quelques amis leur réconciliation. Dick avait promis au téléphone de lui envoyer un taxi pour la conduire à leur appartement. Le carillon résonna alors que Kate mettait la dernière touche à son maquillage. Elle saisit son sac à main et alla ouvrir, s'attendant à trouver le chauffeur de taxi. Mais ses yeux s'arrondirent de surprise. Eliot, en grande tenue de soirée, se tenait devant elle.

— Etes-vous prête ? demanda-t-il courtoisement en s'inclinant devant elle.

— Vous... Vous êtes mon chauffeur de taxi ? balbutia-t-elle.

— Pour ce soir, du moins... répondit-il en souriant brièvement.

Le trajet jusqu'au domicile de Dick et de Judy s'effectua dans le plus profond silence. Les autres invités étaient déjà arrivés et conversaient au salon en dégustant des apéritifs. Mais la présence d'Eliot, même au milieu d'un groupe de personnes, mettait Kate mal à l'aise, aussi rejoignit-elle Judy dans la cuisine. Elles échangèrent quelques mots tout en mettant la dernière main à la confection du repas. Kate décrivit son voyage en France.

— Comment vont les choses entre toi et Dick? demanda-t-elle un peu plus tard.

— Merveilleusement bien! soupira Judy, heureuse. Je regrette seulement de m'être conduite comme une idiote pendant si longtemps...

— Personne n'est parfait! plaisanta Kate.

— Puisque nous en sommes aux confidences, reprit Judy, pourrais-tu m'expliquer pourquoi Eliot et toi vous vous ignorez si obstinément?

— Oh... C'est une longue histoire, répondit-elle, rougissante.

— Dont je ne dois pas me mêler, conclut Judy. Excuse-moi, Kate... Mais je voudrais te faire remarquer qu'Eliot est vraiment un homme merveilleux... Et tu l'attires beaucoup, c'est évident...

— Hum... fit-elle, ne le sachant que trop.

— En douterais-tu? s'écria Judy, prenant la défense de son ami. Je le connais depuis très longtemps. Il s'est toujours montré bon, charmant, et plein d'attentions!

Mais il n'a jamais voulu te séduire, objecta cyniquement Kate en son for intérieur. La personnalité des hommes changeait du tout au tout dans certaines circonstances et Judy n'avait sans doute jamais eu l'occasion de voir Eliot dans un de ses moments de violence... Sans répondre, elle saisit le plat de hors-d'œuvre et le porta dans la salle à manger.

Le dîner fut très gai. Les invités, absorbés dans une brillante conversation, ne remarquèrent pas qu'Eliot et Kate ne s'adressaient pas la parole. De temps en temps, leur regard se rencontraient et ils rompaient immédiatement ce contact, détournant leurs yeux. Plus la fin de la soirée approchait, plus la jeune femme se sentait nerveuse. Elle savait qu'elle allait bientôt se retrouver seule avec Eliot dans sa voiture, puisqu'il devait la raccompagner chez elle.

Et, inévitablement, le moment du départ arriva. Un orage avait éclaté peu avant et il pleuvait à présent à verse. Kate et Eliot gagnèrent rapidement l'automobile. Ils n'avaient toujours pas échangé un mot en s'installant à l'intérieur. Eliot mit en marche la radio et une mélancolique symphonie de violoncelles égrena ses notes mélodieuses. Grâce à cette musique, Kate n'eut pas à chercher un sujet de conversation. Enfin, la voiture s'arrêta devant son domicile. Eliot coupa le contact et se tourna vers elle.

— Je sais que je serais trop optimiste d'espérer une tasse de café à cette heure tardive, préparée par votre charmante main... railla-t-il.

— Et pourquoi pas? rétorqua-t-elle, comprenant trop tard qu'Eliot venait de lui tendre un piège dans lequel, par la faute de sa susceptibilité et de son esprit de contradiction, elle venait de tomber.

Se mordant les lèvres, elle sortit de l'automobile et entra dans son immeuble. Eliot la suivit. Tandis qu'elle préparait peu après le café dans sa petite cuisine, il inspecta avec curiosité son appartement, ouvrant ses livres, observant les gravures décorant les murs. Quand elle posa le plateau sur la table basse et s'assit sur le divan, il s'installa à côté d'elle.

— Qui est-ce ? demanda-t-il en désignant du menton un portrait à la gouache d'Olivier.

— Mon jeune frère.

— Combien de frères et de sœurs avez-vous ?

— Un seul, Olivier. Ma mère l'adore.

— Il me semble détecter une certaine amertume dans votre voix...

— Non, c'est un fait, voilà tout...

— Etait-ce Olivier qui interrompit un jour notre conversation téléphonique ?

— Oui.

— Quel curieux sens de l'humour ! Une remarque de ce genre aurait pu vous mettre en difficulté...

— Olivier vit dangereusement ! plaisanta Kate.

— Oh... C'est donc un trait de famille ?

Kate rougit et se pencha vers la cafetière.

— Une autre tasse ? demanda-t-elle.

— Oui, merci.

Tout en le servant, Kate glissa un regard furtif vers l'horloge posée sur la cheminée.

— Il se fait tard, n'est-ce pas ? remarqua sarcastiquement Eliot, la surprenant. Quelle importance ? Demain c'est dimanche...

— Oui, mais je vais rendre visite à ma famille et je voudrais me coucher bientôt...

— Moi aussi...

Mal à l'aise, Kate voulut se lever mais il agrippa son poignet.

— Lâchez-moi ! protesta-t-elle.

Mais il ne l'écouta pas et la tira en arrière. Perdant l'équilibre, elle se retrouva dans ses bras. Le sourire malicieux d'Eliot disparut dès qu'il découvrit son regard apeuré.

— Pour l'amour du ciel, ne commencez pas à trembler ! s'écria-t-il. Mais qu'ai-je donc fait pour vous effrayer à ce point ?

— Si vous aviez vu votre expression quand je vous ai fermé la porte au nez, à Bordeaux, vous sauriez pourquoi j'ai peur... répliqua-t-elle.

— J'avais de bonne raison d'être furieux ! En fait, si je ne m'étais pas retenu, j'aurais enfoncé votre porte à coups de pied ! J'ai du boire je ne sais combien de whiskies pour me calmer, cette nuit-là..

— Vous aviez de la chance, riposta-t-elle impulsivement, je n'avais pas de whisky, moi...

Elle comprit soudain qu'elle venait de se trahir. Le visage d'Eliot devint brusquement attentif. Elle baissa les yeux...

— Donc, murmura-t-il, vous ne cherchiez pas à me provoquer... Je croyais que vous vouliez vous jouer de moi, me rendre fou. Et vous auriez eu des excuses...

Votre mari vous a fait souffrir et vous cherchez à vous venger sur les autres hommes...

— Non, nia faiblement Kate.

— Non ? répéta-t-il. En êtes-vous sûre ?

— N'insistez pas, Eliot, le supplia-t-elle. Je n'y peux rien...

— Mais répondez au moins à ma question : je vous plais, n'est-ce pas ?

— Quelle importance ?

— Mais votre réponse est très importante pour moi ! protesta-t-il.

Kate haussa les épaules et garda le silence.

— Fort bien, reprit-il. Si vous ne voulez pas répondre verbalement, peut-être le ferez-vous d'une autre manière...

— Non ! cria Kate, affolée.

Mais il l'avait déjà attirée tout contre lui et il étouffa d'un long baiser toutes ses protestations. Une terrifiante faiblesse envahit la jeune femme. Toute prudence oubliée, elle s'abandonna à la passion d'Eliot. Devinant sa reddition, il glissa ses mains sous la fine étoffe de sa robe, caressant tendrement sa peau brûlante.

— Non, balbutia Kate dans un dernier sursaut de révolte.

Ses mains cherchèrent à repousser la tête d'Eliot mais il résista. Ses lèvres dévoraient les siennes avec une impatience toujours plus grande et les doigts de Kate se crispèrent sur son cou tendu avant de se glisser tout naturellement dans l'épaisseur de ses cheveux blonds. Il se redressa soudain et la fixa d'un regard brillant du plus intense désir.

— Je vous en prie, Kate... supplia-t-il.

— Non, non, je ne peux pas, gémit-elle, à bout de force.

— Mais je ne demande pas un sacrifice humain, insista-t-il d'une voix vibrante d'émotion. De quoi avez-vous peur ? Je veux vous aimer, Kate, j'ai besoin de vous...

Il reprit ses lèvres avec désespoir et elle frémit, bouleversée jusqu'au tréfonds d'elle-même par la violence de son ardeur. Elle alla à la rencontre de cette passion sauvage, répondant de toutes les fibres de son être aux caresses et aux baisers dont il la couvrait.

Soudain, il se détacha d'elle et ôta rapidement sa veste qu'il jeta sur le sol. Kate ne le quittait pas des yeux tandis qu'il dénouait sa cravate et se débarrassait de sa chemise, dévoilant son torse lisse et musclé. Il baissa la tête vers elle et leur regard se lièrent dans le plus grand silence. Lentement, il se pencha sur elle. Un frisson de joie la parcourut quand leurs lèvres se rencontrèrent avec une douceur exquise. Elle sentit ses doigts glisser le long de ses épaules, s'égarer dans le creux de son décolleté, et elle se mit à trembler, perdue dans une mer de sensations enivrantes. Le temps s'arrêta. Un étrange brouillard traversé d'éclairs de conscience envahissait son esprit, éteignant lentement toute notion de réalité.

— Dites-le-moi, Kate, souffla Eliot d'une voix rauque, dites-moi que vous m'aimez...

Une atroce panique saisit Kate et elle sursauta sous la violence de cette peur, pâlissant.

— Que se passe-t-il ? s'inquiéta-t-il.

Elle ne put répondre et se contenta de le fixer d'un regard égaré.

— Vous ne m'aimez pas, n'est-ce pas ? accusa-t-il, fronçant les sourcils.

Kate se débattit, tentant de se relever et de s'éloigner de lui.

— Il s'agit bien de cela, avouez-le ! gronda-t-il, resserrant son étreinte.

Il semblait à Kate qu'elle vacillait sur le bord d'un précipice obscur et sans fond. Elle n'osait affronter cet abîme où Eliot l'attendait. Par le simple aveu qu'il lui demandait, ne deviendrait-elle pas sa prisonnière ? Elle garda le silence. Eliot saisit son menton entre ses doigts, et plongea ses yeux dans les siens.

— Toby, votre mari... Vous l'aimiez ? exigea-t-il de savoir.

Stupéfaite, elle le fixa quelques instants avec un air égaré avant de se reprendre et de répondre.

— Toby ? Oui, je l'ai aimé... J'avais dix-huit ans et il m'était apparu un peu comme un prince charmant... Que voulez-vous ? Une jeune fille est crédule à cet âge-là. L'aspect physique compte beaucoup...

— Décrivez-le-moi, ordonna-t-il.

— Blond, grand... commença-t-elle en haussant les épaules.

— Ah ! l'interrompit-il. Je lui ressemble donc un peu...

— Oui, admit-elle à contrecœur. Et vous pouvez être violent, vous aussi...

Voyant ses sourcils se froncer, elle ajouta avec véhémence :

— C'est la vérité ! Vous m'effrayez quand vous vous mettez en colère... Par exemple, maintenant, je vous devine d'humeur agressive...

— Et vous vous sentez menacée ?

Baissant les yeux, elle opina silencieusement d'un signe de tête. Il éclata d'un rire amer.

— Et vous avez raison ! conclut-il avec dérision. Je n'ai jamais eu l'intention de vous faire peur, Kate, mais je suis un homme et je vous désire. Vous vous refusez à moi et je ne peux m'empêcher de vous en vouloir... Mais peut-être le faites-vous sciemment... Vous aimez me tourmenter...

— Non, Eliot, nia-t-elle avec lassitude. Je ne le fais pas exprès... J'aurais bien trop peur des conséquences. Comme je vous l'ai déjà dit, vous pouvez devenir violent.

— Qui l'eût cru ? Je vous croyais téméraire, prête à

tout, et sous vos apparences de bravoure, vous n'êtes qu'une biche apeurée !

— Taisez-vous ! s'écria-t-elle, piquée au vif.

— Je me souviens du jour où vous m'avez affirmé que je ne vous inspirais aucune peur, continua-t-il imperturbablement. Vous mentiez, n'est-ce pas ?

— Je ne me fierais plus jamais aux hommes, se révolta-t-elle violemment, et je préférerais mourir plutôt que de recommencer cette triste expérience que vous appelez tous l'amour !

— Je comprends tout maintenant, l'interrompit calmement Eliot. Ce n'est pas moi que vous craigniez, Kate, mais vous-même... A vos yeux, l'amour est une guerre et vous avez peur de n'être pas suffisamment armée pour la gagner... N'avez-vous pas encore deviné que vous possédez l'avantage, depuis le premier jour ?

Lentement, il se détacha d'elle et se leva. Kate ne le lâcha pas des yeux tandis qu'il remettait sa chemise et ajustait sa cravate.

— Réfléchissez, dit-il quand il fut prêt. Bien sûr, il faut parfois capituler dans cette bataille mais... l'enjeu en vaut la peine, croyez-moi...

Longtemps après son départ, Kate resta immobile sur le divan, les yeux perdus dans le vague.

Kate était déjà installée à sa table quand Eliot entra dans le bureau, le lundi matin. Ils échangèrent un bref regard, puis il se tourna nonchalamment vers Mary et la salua. Le sourire extasié que celle-ci lui rendit mit Kate hors d'elle. Un peu plus tard, Roger, le rédacteur de la rubrique littéraire, passa sa tête par l'entrebâillement de la porte.

— Eliot, demanda-t-il, voulez-vous faire la connaissance de Maryse Filon ?

— Quoi ? s'exclama Eliot en se levant. Maryse Filon se trouve dans votre bureau ? Par quel heureux hasard ?

Les deux hommes sortirent à grands pas. Kate les suivit des yeux, les sourcils froncés.

— Avez-vous lu son livre ! s'enquit Mary, enthousiasmée. Il est fantastique !

— Non, je ne l'ai pas encore lu, rétorqua sèchement Kate. Avez-vous terminé la lettre que je vous ai dictée, Mary ?

— Ils vont en faire un film, continua imperturbablement la jeune fille.

— Je sais, je sais, soupira Kate, irritée. Ma lettre, s'il vous plaît, Mary...

Celle-ci lui jeta un regard plein de rancune et se remit à son travail. Kate voulut en faire autant mais elle ne put se concentrer à nouveau. Elle songeait à Maryse Filon. Elle avait vu sa photo dans la vitrine d'un libraire... elle ne comprenait que trop bien pourquoi Eliot avait manifesté tant d'enthousiasme et de hâte à la rencontrer... A l'heure du déjeuner, Eliot n'était toujours pas revenu. Kate descendit à la cantine et s'assit à la table de Judy. Celle-ci lui demanda avec curiosité si elle avait aperçu la fameuse Maryse Filon.

— Non, répondit Kate, de plus en plus nerveuse, mais Eliot a passé toute la matinée avec elle dans le bureau de Roger...

— Je le crois sans peine ! plaisanta Judy.

— Roger ne tenait plus en place, continua sarcastiquement Kate, et Mary veut absolument obtenir un autographe...

— Et Eliot ? interrogea Judy d'un ton plein de sous-entendus.

— Que veux-tu dire ?

— Mes soupçons se confirment... reprit malicieusement Judy.

— Quels soupçons ?

— Il te plaît, n'est-ce pas ?

— Les crocodiles me plaisent aussi, répliqua-t-elle

en se levant, mais je n'entrerai jamais dans leur cage, au zoo!

Judy riait encore quand Kate laissa claquer la porte de la cafétéria derrière elle.

L'absence d'Eliot se prolongea durant tout l'après-midi. D'humeur massacrante, Kate se chargea de son travail en plus du sien, se promettant de partir à dix huit heures précises. C'était au tour d'Eliot de porter les épreuves à l'imprimerie ce jour-là. Puisqu'il ne s'était même pas donné la peine de la prévenir de l'heure de son retour, elle n'allait certainement pas le remplacer... Mais naturellement, Kate oublia sa résolution quand Mary partit à six heures, la laissant seule dans le bureau désert. Le journal passait avant tout... Elle continua à travailler, consciente du grand silence qui régnait dans l'immeuble vide.

A huit heures, Eliot fit son apparition et s'étonna de la trouver encore au bureau.

— Comment? Vous n'êtes pas encore partie? s'exclama-t-il.

— Vous le voyez bien, rétorqua-t-elle avec aigreur.

— Quelle mauvaise humeur! commenta-t-il sarcastiquement.

— La prochaine fois que vous partirez à la conquête d'une écrivain célèbre, faites-moi la grâce de me prévenir! Je devais sortir à six heures aujourd'hui, au cas où vous l'auriez oublié!

— Je le sais, fit-il sèchement, mais je suis là, n'est-ce pas?

— Oui, mais un peu tard...

Kate se leva et se dirigea vers le portemanteau. Eliot lui barra le chemin.

— Kate, que se passe-t-il? demanda-t-il. Pourquoi êtes-vous si agressive, ce soir?

— Je n'aime pas votre comportement...

— Seriez-vous jalouse?

— Non!

— Non, bien sûr... railla-t-il. C'est un sentiment bien trop humain pour votre grande âme !

Cette méchante remarque blessa profondément Kate et la fit pâlir. Sans mot dire, elle contourna Eliot, prit sa veste et sortit. Tandis que l'ascenseur descendait au rez-de-chaussée, elle fulminait toujours. Comment Eliot osait-il la traiter d'inhumaine ? Et qu'avait-il exactement fait durant cette longue journée d'absence ? En poussant la porte de l'immeuble, elle s'aperçut qu'il pleuvait à verse. Tandis qu'elle se demandait, hésitante, si elle devait attendre la fin de l'ondée ou demander au portier d'appeler un taxi, Steve Martin, le photographe, apparut à ses côtés.

— Bonjour, la salua-t-il. Où allez-vous ?

— Je rentre chez moi, dans le quartier de St John.

— Si nous partagions un taxi ? suggéra-t-il. C'est également mon quartier. Et je ne veux pas mouiller mon matériel.

— Entendu, accepta Kate en souriant.

Tandis que le taxi filait dans les rues désertes à cause de la pluie, Kate écoutait d'une oreille distraite les propos de Steve.

— Avez-vous aimé les photos de Paris ? demanda-t-il.

— Oui, elles étaient très réussies, le complimenta-t-elle.

— Selon moi, Eliot n'a aucune imagination, reprit-il. Je lui ai présenté une superbe photo de la tour Eiffel, prise sous un angle original, et il a préféré un portrait d'un vieux politicien !

— Vous avez raison, Eliot n'a aucun sens artistique, approuva méchamment Kate.

— A propos, j'ai également tiré quelques portraits de vous, lui apprit-il. Voulez-vous les voir ?

— Oui, avec plaisir, répondit Kate sans y penser, remarquant que le taxi s'engageait dans sa rue.

— Et pourquoi pas maintenant ? offrit Steve.

Sans attendre de réponse, il se pencha vers le chauffeur et lui ordonna de se rendre directement à son adresse.

— Mais... protesta-t-elle.

— Vous verrez, elles sont très bonnes, insista-t-il d'un air satisfait.

Soupirant d'irritation, Kate se laissa aller contre le dossier du siège. Elle était maintenant tenue de partager la compagnie de Steve pendant une heure au moins et elle n'en avait aucune envie ce soir-là.

— Vous êtes vraiment très photogénique, poursuivait-il. C'est une qualité rare, le savez-vous ?

Enfin, le taxi s'arrêta devant une imposante maison bourgeoise où de multiples petits appartements étaient aménagés. Celui de Steve se trouvait au rez-de-chaussée. Une assourdissante musique de jazz envahissait le palier.

— Mon voisin pratique la clarinette, expliqua-t-il en ouvrant la porte de son studio. Excusez le désordre... Faites comme chez vous.

Kate examina avec curiosité le petit salon. Les murs étaient couverts des œuvres du locataire et des piles de revues et de journaux jonchaient le sol et tous les fauteuils disponibles.

— Voulez-vous une tasse de café ? proposa-t-il de la cuisine.

— Oui, merci, mais je ne peux pas m'attarder...

— J'appellerai un taxi, ce n'est pas difficile, promit-il. Asseyez-vous ! Je vais préparer des sandwiches, en voulez-vous un ?

Kate accepta, s'apercevant avec surprise qu'elle était affamée. Elle entendait le photographe s'activer dans la cuisine, sifflotant gaiement. Il apporta enfin un plateau chargé de deux tasses de café et d'une montagne de sandwiches au jambon qu'ils dégustèrent en silence.

— Vous êtes la petite amie d'Eliot, n'est-ce pas? demanda-t-il soudain.

— Non, nous somme seulement des amis, rétorqua-t-elle sèchement.

— Vraiment? Dans ce cas, il s'agit d'une amitié vraiment très forte... J'ai observé Eliot à Paris... Il vous dévorait des yeux... Je vais vous le prouver.

Il se leva et tira d'un tiroir un paquet de photos. Kate les prit et les observa une à une, en silence. Elles représentaient toutes Eliot et elle-même, séparés où ensemble. Elle comprit que l'attraction qui les liait serait évidente à n'importe quel observateur étranger. Steve avait saisi en secret certains de leurs regards, de leurs expressions, qui révélaient au premier coup d'œil toute la vérité sur leurs sentiments. Toujours en silence, Kate lui rendit les clichés. Il lui montra ensuite des photos très originales et souvent prises sous un angle inhabituel, des jeunes et belles femmes dénudées qui peuplaient les night-clubs de Paris. Elle s'absorba tant et si bien qu'elle sursauta quand elle surprit l'heure à sa montre.

— Dix heures et demie ! s'écria-t-elle, incrédule.

— Je vais vous appeler un taxi, offrit-il en se dirigeant vers le téléphone. Et prenez autant de photos que vous le désirez.

— Merci, vous êtes très gentil, accepta-t-elle en sélectionnant quelques épreuves. Les avez-vous déjà montrées à Eliot?

— Non, pas encore, répondit-il en composant le numéro de la station de taxis.

Kate voulut lui faire promettre de s'en abstenir mais elle se ravisa. Elle savait pourtant que ces photos la trahiraient inévitablement : elle y fixait Eliot avec des yeux de femme amoureuse. Il ne manquerait pas de s'en rendre compte.

Steve l'accompagna jusqu'au taxi et la salua d'un geste amical tandis que le véhicule s'éloignait. La pluie avait cessé mais les rues étaient toujours désertes. Onze heures sonnaient quand elle paya le chauffeur et poussa la porte de son immeuble. Arrivée devant son appartement, elle sortit les clefs de son sac à main et poussa un petit cri d'effroi, effrayée par une ombre qui se glissait à ses côtés.

— Pourquoi diable arrivez-vous si tard ? pesta Eliot.

La peur qu'il lui avait causée réveilla la colère de Kate.

— Je ne vous dois aucune explication ! rétorqua-t-elle en déverrouillant la porte. Allez-vous-en !

— N'y comptez pas ! cria-t-il en la poussant à l'intérieur et en la suivant.

— Sortez ! s'emporta-t-elle, furieuse. Et tout d'abord, que faites-vous ici ?

— J'ai porté les épreuves à l'imprimerie, il y a bien trois heures de cela ; je suis ensuite venu directement ici. Ce qui nous ramène à ma première question : où étiez-vous durant tout ce temps ?

Kate pénétra dans le salon et alluma la lumière avant de répondre :

— J'ai dîné avec Steve.

— Steve ? Quel Steve ?

— Steve Martin, le photographe. Mais je ne vois pas en quoi cela vous regarde...

— Steve Martin ? Vous avez dîné avec Steve Martin ? répéta-t-il, incrédule.

— A quoi jouez-vous ? Au perroquet ? railla-t-elle méchamment. Je viens de vous le dire...

— N'abusez pas de ma patience, Kate, la prévint-il, menaçant. Pourquoi avez-vous dîné avec Steve ?

— Parce que nous avions faim, voilà tout...

— Faim ? s'étrangla-t-il, de plus en plus déconcerté.

— Oui, faim ! appuya-t-elle avec violence. Et puisque ce sujet vous intéresse tant, je peux également vous décrire le menu : café et sandwiches au jambon ! A présent, je suis fatiguée, laissez-moi...

— Pourquoi êtes-vous fatiguée ?

— Il est onze heures passées et j'ai sommeil ! Est-ce une raison suffisante ?

— Pourquoi avez-vous dîné avec Steve Martin ? insista-t-il.

— Mais de quoi vous mêlez-vous ? cria Kate, exaspérée par cette litanie.

Sans répondre, il saisit son cou entre ses mains et l'attira brutalement contre lui pour l'embrasser sans la moindre douceur. Surprise, Kate gémit sous la force de ce baiser. Mais bientôt, la passion d'Eliot se communiqua à la sienne et elle glissa ses bras autour de ses épaules, docile et avide en même temps de ses caresses.

— Ah, fit Eliot en relevant la tête, voilà qui est mieux !

Frémissante, Kate s'abandonna à son étreinte, épuisée par la force orageuse de ses émotions. Leur dispute d'une minute à peine avait éteint en elle toute agressivité et, pour la première fois, elle n'éprouvait plus cette peur diffuse qui l'effrayait toujours en présence de cet homme.

— Comment allez-vous maintenant, ma chérie ? chuchota-t-il tendrement en caressant sa joue.

Elle exhala un long soupir et enfouit son visage dans la chaleur de son cou. Eliot resserra ses bras autour d'elle.

— Et à présent, dites-moi pourquoi vous avez dîné avec Steve Martin, ce soir...

— Il voulait me montrer quelques photos de sa collection...

— Vieux stratagème de séducteur ! plaisanta-t-il.

— Mais non, c'est la vérité, protesta-t-elle.

— Mais bien sûr ! railla-t-il. Je connais bien Steve. Personne n'est moins indifférent que lui aux jolies femmes... Et vous le savez. Donc, vous êtes délibérément allée chez lui, pour me rendre jaloux... Pourquoi me tourmentez-vous à nouveau, Kate ?

— Mais, je ne cherche pas à vous tourmenter !

— Si ! D'après vous, j'ai une nature violente... mais si c'est vrai, vous la provoquez sans arrêt ! L'amour est une sorte de rage quand il est contrarié... Mais je vous pardonne car vous commencez enfin à utiliser vos armes...

— Comment ? s'étonna-t-elle, décontenancée.

— Vous m'avez fait une vraie scène de jalousie quand je suis rentré au bureau, ce soir... Et c'était tellement inattendu, que je me suis précipité ici juste après avoir fini mon travail...

— Au fait, pourquoi avez-vous été absent toute la journée ?

— Ah, nous y voilà ! murmura-t-il tendrement. Admettez donc que vous êtes jalouse...

— Je n'admets rien de tel !

— Dans ce cas, pourquoi froncez-vous les sourcils ?

Kate éclata de rire et passa impulsivement sa main dans les cheveux épais d'Eliot.

— Admettez-le, et je vous livrerai mon emploi du temps d'aujourd'hui !

— Vous en brûlez d'envie, n'est-ce pas ? le taquina-t-elle.

Elle savait maintenant que ses soupçons avaient été injustifiés. Le regard tendre dont Eliot la couvait en était la preuve la plus sûre.

— Hélas, gémit-il, j'ai dû partager la très célèbre Maryse Filon avec bien d'autres hommes !

— Mais la journée a malgré tout été très intéressante, avouez-le !

— J'espère que Judy n'est pas aussi jalouse que vous !

— Pourquoi ? Dick était présent ?

— Bien sûr ! Lui et plusieurs autres personnes du sexe masculin... En fait, ils ne se sont jamais montrés plus empressés de travailler qu'aujourd'hui !

— Mais qu'avez-vous fait, exactement ?

— Nous avons déjeuné avec Maryse Filon et nous lui avons ensuite fait visiter Londres.

— Je vois...

— Et à présent, dites-moi la vérité : pourquoi ce dîner avec Steve Martin ?

— Mais il m'a tout simplement kidnappée, Eliot ! Il pleuvait et nous avons partagé un taxi pour rentrer. A un moment donné, il m'a annoncé qu'il voulait me montrer quelques photos et a ordonné au chauffeur de se rendre directement chez lui, sans me demander mon avis ! Voilà toute l'histoire...

— Est-ce bien toute l'histoire ? Si Steve Martin a osé toucher à un seul de vos cheveux, je lui fracasse tous ses appareils-photos sur la tête !

— Non, Steve s'est conduit en parfait gentleman, lui assura-t-elle en riant.

— Ce serait bien la première fois... railla-t-il. Mais je sais d'expérience que, s'il en avait été autrement, notre Steve souffrirait à l'heure qu'il est d'un traumatisme crânien. Vous êtes une femme dangereuse...

— Mais vous n'avez jamais été particulièrement prudent...

— Non. J'ai quelques cicatrices pour le prouver !

— Quel brave petit soldat !

— Vous devez admettre que je suis tenace... Rien ne m'a découragé, même le sifflement des balles autour de ma tête.

— Quel courage !

Eliot ébouriffa affectueusement les cheveux noirs de la jeune femme, souriant.

— M'aimez-vous, Kate ?...

Elle retint son souffle. Elle devinait le sérieux qui se cachait derrière son ton badin. Peu à peu, son sourire disparut et ses yeux devinrent graves. Il lui avoua :

— Je suis tombé amoureux de vous dès le premier jour, reprit-il. Vous étiez si attendrissante avec votre chaussure emprisonnée dans cette grille, si petite, si fragile. Et je vous ai soudain entendue jurer avec violence. C'était tellement inattendu que j'ai eu envie de rire. Vous me faites rire, Kate... c'est merveilleux, non ? Malgré toutes nos querelles, j'ai toujours aimé votre manière de me provoquer, de vous défendre jusqu'au bout...

— Dois-je le prendre comme un compliment ? s'enquit-elle un peu sèchement.

Il partit d'un rire franc.

— Savez-vous pourquoi je ne me suis jamais marié, jusqu'ici ?

— Parce que personne ne voulait de vous...

— Peut-être bien ! Mais surtout parce que je n'avais pas encore rencontré celle avec qui je ne m'ennuierai jamais... Et je suis bien certain d'une chose : jamais je ne m'ennuierai avec vous.

— J'ai compris, railla-t-elle. Vous préférez épouser un clown plutôt qu'une femme tout court...

— Mais qui a parlé de mariage ? demanda-t-il malicieusement.

Kate rougit violemment et se mordit les lèvres. Eliot l'observait avec une tendresse moqueuse.

— Vous avez raison, dit-il enfin. Je mentirais si je prétendais ne vouloir qu'une simple aventure avec vous. En fait, j'ai des projets beaucoup plus sérieux pour nous... Mais je sais qu'il vous reste à vaincre un fond de méfiance et je veux vous donner le temps de mieux me connaître avant de vous engager définitivement. Vous pouvez commencer votre enquête dès à présent...

Le cœur de Kate battait si fort qu'elle en éprouvait quelques difficultés à respirer. Elle leva les yeux vers lui et il lui sembla fondre dans l'océan de tendresse et de passion de ses prunelles...

— Accordez-moi un peu de temps, Eliot, balbutia-t-elle. Je... Je vous aime, mais...

— Dans ce cas, la bataille est presque gagnée,

l'interrompit-il. Je ne demande rien de plus, Kate. Ne voyez-vous pas que j'agite le drapeau blanc de la paix ?

Soupirant, il l'attira tout contre lui et la serra à l'étouffer. En silence, elle lui fit comprendre qu'elle lui accordait l'armistice et ils scellèrent la fin de leur guerre d'un long baiser.

LE MOIS PROCHAIN DANS

SERIE CLUB

Nº 205

Gozo, l'île de demain

Margaret Rome

Nº 206

Celui qui hantait ses nuits

Charlotte Lamb

Nº 207

Le temps d'une valse

Anne Hampson

Nº 208

Tant de larmes inutiles

Anne Mather

Nº 209

Le printemps bleu

Janet Dailey

Nº 210

Un air de nostalgie

Katrina Britt

Les Prénoms Harlequin

KATE

fête : 25 novembre couleur : rouge

Coléreuse et impulsive, celle qui porte ce prénom cache son émotivité sous les allures hautaines et dédaigneuses du cygne, son animal totem. Son esprit brillant et affiné, arme redoutable qu'elle manie avec aisance, lui sert à se défendre contre les trouble-fête de toute sorte, à moins qu'il ne masque quelque secrète nostalgie que cet être fier ne laisserait voir pour rien au monde...

Rien d'étonnant à ce que Kate Marchant fascine autant Eliot, son incorrigible collègue !

Les Prénoms Harlequin

ELIOT

fête : 20 juillet couleur : bleu

*Celui qui porte ce prénom possède une séduction rayonnante qui charme et subjugue son entourage, sans manquer d'éveiller quelques jalousies. Actif et ambitieux, il a banni à jamais de son vocabulaire le mot « échec ». Son métier préféré : celui qui lui permet d'exprimer ses opinions haut et fort... rien de surprenant, puisque son prénom est dérivé de celui du prophète Elie ! Mais que ses adversaires prennent garde : son végétal totem est l'*ortie *!*

Pourtant, si la chance sourit à Eliot Holman, celle pour qui son cœur bat, elle, demeure de glace...

Achevé d'imprimer en juillet 1982
sur les presses de l'Imprimerie Bussière
à Saint-Amand (Cher)

— N° d'imprimeur : 2213. —
— N° d'éditeur : C 199. —
Dépôt légal : août 1982.

Imprimé en France